먹이는 간소하게

먹이는 간소하게

노석미 에세이

사□계절

봄

여름

바질페스토

바질파스타

마늘새우구이

마늘종파스타

딸기스무디

보리수잼

복숭아조림

부추전

가을

사과파이

오미자효소

송편

떡볶이

동그랑땡

단호박수프

밤당조림

밤빵

고구마줄기무침

겨울

고구마구이

인절미

무생채

시래기밥

멸치김치국수

곶감

파운드케이크

찐만두

가래떡구이

카스텔라

먹이는 간소하게

예를 들어 영화 〈바베트의 만찬〉과 같은 아름답고 호화로운 음식에 감동하지 않는다고 말할 수는 없지만, 굳이 고르라면 예전에 방영했던 TV 프로그램 〈엄마의 밥상〉의 단순하고 소박한 음식들을 더 좋아한다. 보는 것만이 아니라 먹는다는 측면에서도 그렇다. 〈엄마의 밥상〉은 시골에 사는 할머니들을 찾아가 그들의 부엌을 중점적으로 보여준다. 그녀들의 초라한, 혹은 소박한, 혹은 낡은 시골살이 풍경과 그녀들의 험한, 혹은 생생한, 혹은 맛깔나는 말투와 함께하는 특별한 레시피가 사랑스럽다. 대체로 없이 살던 시절 즐겼던 '먹거리'라는 설명이 붙은 간소한 음식들이다.

언젠가부터 부엌에 "먹이는 간소하게"라는 문구를 적은 종이 팻말을 걸어놓았다. 이제는 세상에 안 계신 법정 스님의 토방 부엌에 있었다던 말을 나도 따라 해본 것이다. 하지만 늘 '간소하게 먹이를 먹어야지.' 생각만 할 뿐, 탐식을 멈추지 못하는 나약한 중생일 뿐이다. 쩝.

이곳(감히 경기도와 강원도의 접경인 내륙 산간지대라 불릴 수 있을 만한 시골 마을)에 온 지도 어느새 15년이 넘어가고 있다. 이곳에 와서 새롭게 갖게 된 것은 직접 지은 작업실 그리고 무엇보다 소중한 나만의 정원과 밭이다. 정원엔 잔디를 깔고 나무로 된 데크도 깔았다. 야외용 의자와 테이블도 가져다 놓고 내 나름의 정원을 꾸렸다. 여러 그루의 나무를 심었고 이곳 환경에 맞는다는 식물도 이것저것 심었다. 이웃의 농부들이 보면 혀를 찰 정도로 작은 규모의 밭농사도 짓는다. 해마다 밭을 가꾸며 혼자 흐뭇해하다가도 또 어느 날은 익숙하지 않은 노동의 피로감에 호미를 내던지며 "아이고, 힘들어. 겨우 이걸 먹으려고 이 고생을…." 하고 투덜거린다. 그렇지만 직접 뿌린 씨앗이 지난한 과정을 거쳐 먹이가 되는 것을 지켜보고 한때 이렇게 외치기도 했다.

"그래! 자급자족으로 살겠어! 가능할 거 같아!"(금방 철회했지만.)

정갈하다고까지 표현할 수 있을지는 모르겠지만, 단순하고 예쁜 그리고 담백한 음식을 만들어서 먹고 살고 싶다. 조금 수고롭더라도 가능한 범위 안에서 음식의 재료를 직접 키우고 요리해서 먹고 살고 싶다. 먹이가 어디서 왔는지, 그 먹이를 어떻게 요리해서 어디에 담아서 어느 곳에서 누구와 함께 먹는지, 그런 것들이 꽤 중요하다고 생각한다. 먹이의 형태와 색감, 냄새 등을 탐닉하는 것을 좋아한다. 먹이에 깃든 사연들을 떠올려보는 것도 즐거운 일이다. 그래서 먹이를 그린 그림이 꽤 되었다. 어쩌면 음식을 만드는 것이나 그림을 그리는 것이나 비슷한 것도 같다. '음식'이나 '요리'가 아닌 '먹이'라는 표현을 자주 쓰는 것은 소박하다거나 간소하다는 점을 강조하고 싶기 때문이다. 사람이 먹고 사는 일이 동물의 그것에 비해 특별하다고 여기지 않는다.

나는 전문적으로 요리하는 사람이 아니다. 게다가 미식가도 아니며 요리에 대한 칼럼을 쓸 정도의 지식도 갖추지 못했다. 여기에 나오는 음식들은 주로 내가 좋아하고 해 먹는 것들이다. 소소하게 열거해본다, 이렇게 단순한 걸. 한편으로는 '이렇게 다양하게 먹고 사는구나.' 하는 생각이 들기도 한다.

봄

달래달걀밥

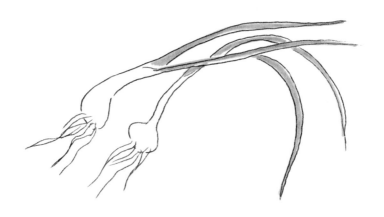

1 달래를 캐서 흐르는 물에 여러 번 씻는다.

2 잘게 썬 달래에 간장, 액젓, 오미자액, 참기름, 깨를 넣어
   달래장을 만든다.

3 밥 위에 달래장, 달걀프라이를 올린다.

이른 봄, '음, 드디어 봄이 온 건가.' 하면서 정원을 어슬렁거리다 보면 '어!' 하고 이 달래가 발견된다. 내가 "신기한 일이야. 음, 신기해."라고 혼잣말을 하다 보면, 달래가 하는 말이 뒤통수에서 들리는 것 같다. "지난해에도 여기 있었거든. 치!" 봄나물의 대명사인 쑥, 냉이 그리고 달래, 이들은 심지 않았는데도 발견된다. 그곳에 씨앗을 뿌리며 오랜 세월 종족 번식을 해나가고 있는 것들을 내가 잊고 있다가 다시 발견하는 것이겠지만. 나는 머릿속에 지우개가 있는 사람처럼 매해 봄 이 일을 반복하고 있다.

달래는 이름도 예쁘지만 그 향을 맡는 순간 밥맛이 돈다. 달래 한 줌을 캐서 달래장을 만들어 달래달걀밥을 해 쓱쓱 비벼 먹는다. 이런 호사는 이른 봄날 잠깐만 가능한 일. 왜냐하면 풀이 자라기 시작해서 정원이 온통 초록으로 뒤덮이면 다음 해 이른 봄에 다시 발견될 때까지 '달래가 어디 있었지?' 하며 두리번거리게 되기 때문이다.

냉이무침

1   냉이를 뿌리째 캔다.

2   씻고 데친다.

3   데친 냉이에 들기름, 된장, 고추장 조금씩과
    오미자효소를 넣고 조물조물 무친다.

냉이를 캐면서 느낀 점:
냉이만 캐기란 얼마나 어려운가

봄이 오면 가까이 지내는 이웃이 찾아와 냉이를 캐러 가자고 하신다. 지천에 초록이 올라오기 전이다. 그리고 밭을 갈기 직전이어야 한다. 갈기 직전의 그 밭에 냉이가 주로 있다. 혹은 밭둑에 있다. 멀리 갈 필요는 없다. 내가 살고 있는 동네 반경 100미터 이내만 어슬렁거리면 된다. 작은 호미와 비닐봉지를 들고 이웃과 함께 집을 나선다.

예전에도 냉이와 쑥은 구별했지만 냉이는 간혹 정확하게 모를 때가 있었다. 내가 어리바리하게 있을 때 동행한 이웃이 땅에 솟아 나와 있는 냉이를 가리키며 "저게 냉이예요." 하고 알려주셨다. "음, 이렇게 생긴 거군요. 알겠습니다." 하고 열심히 냉이를 캤다. 집으로 돌아와서 비닐봉지 안의 수확물을 마당에 쏟아내자 냉이가 아닌 것을 절반이나 캐왔다며 골라내주셨다. 결국 그날 나의 봉지엔 먹거리가 별로 없었다는 말씀. 변명을 하자면 냉이와 꽤 비슷하게 생긴 식물이 있다. 그 녀석은 꼭 냉이 옆에 있다. 그래서 이걸 어찌 구분하느냐고 투덜거렸더니 이웃이 알려주신다.

"간단해요. 캔 다음 냄새를 맡아봐요. 그럼 알게 돼요, 냉이인지 아닌지. 냉이가 아닌 것은 냉이 냄새가 안 나요."

"아… 냉이… 냄새요?"

나의 이웃은 전직 초등학교 교사인데 정말 누구에게든지 눈높이에 맞춰 잘 알려주시는 것 같다. 그분께 제대로 배운 나는 이제는 '냉이만(!)' 잘 캐는 훌륭한 학생이 되었다. 이제는 이른 봄 무지렁이 도시 친구가 놀러 와 같이 밭둑을 어슬렁거리며 냉이를 캘 때 으스대며 말한다. "냉이가 뭔지 정확히 모르겠다고? 냄새를 맡아봐. 그럼 알게 돼."

시금치김밥

1 밥을 고슬고슬하게 짓는다.
2 데친 시금치에 참기름, 소금을 넣어 무친다.
   그 외 김밥에 넣을 재료들도 준비한다.
3 김밥을 만다.

겨울이 오기 전 파종해놓은 시금치가 이듬해 3월이 되면 돋아난다. 아직은 쌀쌀한 바람이 부는 새봄, 갓 돋아난 시금치를 듬뿍 넣어 김밥을 만다. 이른 봄에 해 먹는 이 김밥을 위해 시금치를 심는다고 해도 지나친 말이 아니다. 겨울을 이겨낸 시금치는 잎이 두툼하고 그 맛은 초록색에서 나온 것인가 싶게 고소하다. 김밥에 별다른 재료를 넣지 않아도 맛있다(그래도 김밥에는 단무지를 꼭 넣어야 한다. 어쩔 수 없이 단무지는 김밥의 주인공). 봄볕을 받으며 먹는 김밥은 소풍을 나온 것 같은 기분을 안겨준다.

취나물무침

1 참취잎을 딴다.

2 참취잎을 씻어 소금을 넣은 끓는 물에 데친다.

3 데쳐 물기를 짠 참취잎에 들기름, 국간장, 오미자효소를 넣고 무친다.

　이곳으로 온 뒤 냉이와 쑥 다음에 알게 된 나물이 취나물을 해 먹는 참취다. 이른 봄에 뒷산 혹은 앞산 혹은 옆 산(우리 동네는 온통 다 산이므로)으로 가면 바로 이 참취가 흔하게 있다. 다른 건 몰라도 이 참취는 바로 알아보게 생겼다. 어린잎을 따서 나물로 요리해 먹으면 그 향과 식감이 특별하다. 채취한 양이 많으면 겨울을 위해 데쳐서 햇볕에 말려놓는다. 겨울에 냉동고를 뒤지다가 "아! 이게 있었군." 하며 꺼내어 묵은 나물 요리를 해 먹는다.

처음에 함께 오른 산에서 이웃이 친절하게 참취에 대해 알려주셨다. 참취를 채취할 때는 먹기 좋은 부드러운 잎만 조금 따야 한다고. 다음에 채취하러 오는 사람을 위해, 그리고 참취가 꽃을 피우고 씨를 뿌려 더 많이 번식할 수 있게 뿌리째 뽑으면 안 된다고 꼼꼼히 일러주셨다.

지금은 굳이 참취잎을 따러 산을 오르지 않는다. 게을러진 이유도 있지만 나의 집터 바로 옆 산기슭에 참취가 있는 것을 뒤늦게 발견했기 때문이다. 매해 봄, 그곳에서 나는 참취는 적은 양이지만 나 혼자 봄나물로 한두 번 먹기에 충분하다.

마른 회색 가지에 수분이 담기고 꽃봉오리를 뿜어낸다. 땅 위에는 초록색 점들이 늘어나기 시작한다. 새들도 바빠 보이고 세상이 들썩들썩 온갖 소리를 낸다. 나도 덩달아 겨우내 묵은 몸과 마음을 털고 봄을 맞이한다. 문밖을 나서면 정원과 밭에는 나를 기다리는 많은 일이 널려 있다. 음, 뭐부터 시작할까. 정원의 일은 만들면 끝이 없고 안 하면 또 그만이기도 하다. 괜히 멀쩡히 있는 것들을 파내어 이리 옮겼다 저리 옮겼다 흠흠거리며 왔다 갔다 한다. 겨우내 잘 보이지 않던 이웃들도 저마다 자신들의 정원이나 밭에서 분주하다.

"지난겨울 잘 나셨어요?"

"아, 올해는 뭐 심으세요?"

"벌써 밭 가세요?"

기운 생동, 봄이 왔다.

더덕구이

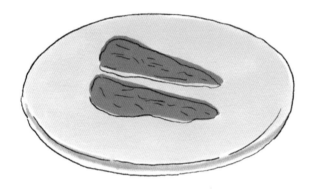

1   더덕을 씻어 칼등으로 두드려 납작하게 만든다.
2   팬에 기름을 두르고 더덕을 굽다가 양념장을 바르면서
    마저 굽는다.

양념장: 고추장, 간장, 참기름, 올리고당을 넣어 섞는다.

산에서 더덕을 처음 발견한 것은 이곳으로 온 지 얼마 안 된 어느 해 이른 봄이었다. 이웃을 따라 앞산으로 참취잎을 뜯으러 갔다가 어딘가에서, 어디선가 맡아본 냄새가 솔솔 나기에 잠시 길을 멈추고 두리번두리번했다. "어?" 그러고 있는 찰나 이웃이 "오! 거기 캐보세요."라고 해서 작은 잎이 난 줄기를 따라 땅을 팠더니 그곳에 더덕이 있었다. 더덕은 나 같은 무지렁이한테도 들킬 만큼 그 향기가 강하다. "'심봤다!'를 외쳐야 되는 거죠?"라고 너스레를 떨며 흥분하는 나를 보고 이웃이 웃으셨다. 이후 더덕씨를 얻어 나의 텃밭 한 귀퉁이에 심었다. 더덕은 뿌리를 먹는 것인데 여름에 피는 꽃도 예쁘다. 꽃이 피기 전인 이른 봄에 몇 년 묵어 덩치가 좀 커진 더덕을 한두 개만 캐서 구워 먹는다. 음식점에서 사 먹는 더덕 요리에서는 더덕 특유의 진한 향기를 만나보기 힘들어서 어쩔 수 없이 자연산 운운하게 된다. 밭에서 떼로 길러지는 작물에서는 홀로 산에서 고독하게 살아남은 '녀석'의 향기가 나지 않는 모양이다.

우체부가 우편물만 배달하는 건 아니다.

원추리무침

1   어린 원추리 새순을 딴다(자른다).
2   소금을 넣은 끓는 물에 데친 뒤 물기를 짠다.
3   참기름, 소금을 넣고 무친다.

처음에 이 원추리는 꽃을 보려고 심었다. 그래서 이른 봄, 나물로 먹으려고 연두색으로 돋아난 원추리 새순을 자르는 손이 약간 떨린다. 새순이 돋아나고 조금 시간이 지나면 화려하고 탐스러운 노란색이나 주황색 꽃을 피운다는 것을 알고 있기에 다른 나물을 수확할 때와는 마음가짐이 다르다. 원추리는 번식력도 좋고 내한성도 높기 때문에 심은 이후 해마다 양이 점점 늘어가고는 있지만 가위를 든 손이 떨리는 것은 어쩔 수 없다. 매해 봄, 한두 번만 해 먹는 걸로 미안한 마음을 스스로 달랜다. 물론 많은 꽃을 보려는 흑심이 남겨져 있는 것이지만.

모든 나물(사람이 먹는 풀)에는 어느 정도 독이 있다고 한다. 원추리나물을 먹고 몸에 문제가 생긴 적이 있다는 지인이 조심하라고 일러주었다. 잎을 생으로 먹지 않고 푹 삶아서 먹으면 좀 괜찮다고. 내 경우는 원추리와 별문제가 없었다. 원추리나물은 파처럼 약간 미끈거리는 식감이 있기는 하지만 맛이 순하고 달다.

쑥개떡

1   쑥을 딴다. 혹은 캔다(나는 가위로 깨끗한 잎만 잘라낸다).

2   쑥을 씻어 끓는 물에 데친다.

3   물기를 짠 데친 쑥을 믹서로 적당히 간다.

4 쌀가루, 간 쑥, 소금, 설탕에 쑥을 데친 물을 조금씩 넣으며
  반죽한다.
5 떡의 모양을 만들어 김이 오른 찜기에 넣고 찐다.
6 참기름 등의 기름을 발라준다.
7 식혀서 먹는 게 더 쫄깃하고 맛있다.

아직은 스산한 회갈색의 땅 위로 곳곳에서 쑥이 나타난다 (태어난다). 쑥색이라는 것은 이른 봄을 대변하는 연두색과는 다른 깊은 뽀송함의 촉감을 지닌 색이다. 다른 풀과는 전혀 다른 개별성을 갖고 있다. 아직 억세지기 전의 어린 쑥으로 쑥된 장국을 끓여 먹기도 하지만 주로 떡을 만들어 먹는다. 쑥이 떡이 되는 순간 그 색은 검은 물감을 섞은 듯 더 짙은 색이 된다.

쑥은 봄을 지나 더워지는 여름이 오면 이른바 쑥대밭으로 변하여 정원에서는 미안하지만 미움을 받는 존재가 되고 만다. 그렇지만 겨울을 지나 다시 이른 봄이 오면 "오! 여기 쑥이 있었네!" 하며 반기는 반가운 먹거리가 되어준다.

조그맣게 쑥개떡을 만들어 커피와 함께 먹는다. 완벽한 봄날 오전의 한때가 완성되는 순간이다.

일어나기 직전, 오늘의 할 일을 되뇌어본다.

감자튀김
(프렌치프라이드포테이토)

1   감자를 씻어 끓는 물에 살짝만 익힌 뒤 적당한 크기로 썬다.
2   식용유에 버터를 넣고 감자를 튀긴다.
3   소금을 뿌려 먹는다.

누구는 그냥 찐 감자가 맛있다고 하는데 나는 튀긴 감자가 더 좋다. 건강을 생각한답시고 굳이 쪄 먹고 싶지는 않다. 이렇게 얘기할 수 있는 것은 튀긴 감자를 그리 자주 먹는 편이 아니기 때문이다.

일명 '프렌치프라이'라고 불리는 이 음식은 패스트푸드의 대명사인 프랜차이즈 햄버거 세트 메뉴에 딸려 나오는 사이드 푸드다(아, 이 외래어들!). 나는 생활 편의시설이 잘 갖추어져 있지 않은 지역에서 살고 있기 때문에 자주 먹을 수 없는 대표 음식이 패스트푸드다. 그래서 볼일을 보러 서울에 나가면 "음, 난 오늘 도시 음식이 먹고 싶네. 아니, 반드시 먹어야겠어!" 하면서 그날 만난 친구를 종용하여 햄버거를 먹으러 가곤 한다. 그렇게 이제는 가끔 먹고 싶은 음식이 되었다. 그리고 햄버거보다는 감자튀김이 더 먹고 싶다. 그리고 이 기름진 감자튀김이 당길 때면 팬을 꺼내 감자튀김을 해 먹는다. 패스트푸드점의 감자튀김은 커다란 서양 감자로 만든 것이라 길이가 길고 가늘다. 반면에 집에서 해 먹는 감자튀김은 모양이 작고 짧지만 그래서 오히려 귀엽고, 패스트푸드점의 감자튀김과 비교할 수 없을 정도로 맛이 좋다고 하겠다.

감자튀김을 먹을 때면 떠오르는 일이 있다. 오래전, 그러니까 내가 푸릇푸릇한 청춘인 20대일 때 기차로 유럽 여행을

밭 갈기 & 밭고랑 만들기

하고 있을 때였다. 침대칸 열차를 타고 밤을 보내야 했기에 패스트푸드점에서 햄버거 세트를 하나 사서 기차에 올랐다. 햄버거는 먼저 다 먹어버리고 감자튀김만 남았는데 배가 불러 봉지에 잘 싸두었다. 기차는 몇 시간 정도 더 달렸다. 나는 다시 출출해져서 남아 있던 감자튀김 봉지를 열어 차디차게 식은 감자튀김을 한 개씩 꺼내 먹기 시작했다. 그때 맞은편에 있던 한 젊은 남자(행색이 나와 비슷한, 혼자 배낭여행 중으로 보이는 외국인)가 나를 물끄러미 쳐다보았다. '뭐냐? 먹고 있는데 창피하게 왜 보는 거야?'라고 생각하며 그의 눈길을 피하자 그가 말했다.

"내가 좋아하는 음식 중 하나가 차갑게 식은 프렌치프라이드포테이토야."

나는 얼마 남지 않은, 차가운 데다 김까지 빠져 쪼그라진 감자튀김을 그와 나눠 먹었다.

감자 농사

    가장 이른 봄에 심는 작물인 감자는 당연히 수확도 빠르다. 3월 말쯤 밭을 갈아 감자를 심는다. 그리고 본격적인 여름이 오기 전 6월에 감자를 수확한다. 적당히 흙을 떨어내고 종이 상자에 담아 어둡고 얼지 않는 서늘한 곳에 보관해두고 먹는다. 먹고 남은 겨울을 난 감자에는 싹이 나 있는데, 이듬해 봄에 씨감자로 쓰면 된다.

<씨감자 만들기>

보관해둔
감자가 쭈글쭈글해지고
싹이 나 있다.

싹이 난 곳을 중심으로
조각을 낸다.

두부부침

1 두부를 적당한 크기로 썬다.
2 들기름을 두른 팬에 부친다.

나는 어린애처럼 콩을 별로 좋아하지 않는다. 특히 콩으로 만든 음식 중 간장에 조린 콩자반을 좋아하지 않는다. 어릴 적부터 식탁 위에 콩자반이 놓여 있으면 절대 젓가락을 대지 않았다. 내겐 맛도 별로 없을뿐더러 작은 콩을 집기 위해 젓가락질에 혼신의 힘을 기울여야 하는 게 못마땅했다. 하지만 콩으로 만든 음식 가운데 두부는 좋아한다. 두부는 모양도 아름답고 식감도 좋다. 방금 만든 손두부의 그 고소함은 어디에서도 찾을 수 없는 맛이다. 게다가 내겐 소화도 잘되는 건강식이라는 인식이 있다. 들기름을 두른 팬에 갓 부쳐낸 두부부침은 밥이 없어도 한 끼가 뚝딱 해결되는 소중한 양식이다. 이러한 나의 개인적 취향 때문에 한번은 웃지 못할 일을 저지른 적이 있다.

한 지인이 아프다는 소식을 듣고 병문안을 가기로 했다. 아무것도 못 먹고 누워 있다는 얘기에 나는 시장에서 뜨끈한 두부 한 모와 함께 간장에 절인 새까만 무장아찌를 사서 그녀의 집 문을 두드렸다. 침상에 누워 있던 지인이 상반신을 일으키며 내가 사가지고 간 검은 비닐봉지 안의 두부와 무장아찌를 봤을 때의 그 당혹스러운 표정을 잊을 수 없다. 나는 급히 변명하듯 아무것도 못 먹고 있으니 이거라도 조금 먹으면 기운이 날 거라며 두부를 그녀의 턱밑에 들이밀었다. 그녀는 내 성의를 무시할 수 없었는지 두부의 귀퉁이를 조금 잘라내서 먹었다. 고맙게도 무장아찌도 한 개 같이 먹어주었다. 그러고 나서 우린 서로 얼굴을 보며 웃을 수밖에 없었는데 그녀는 기운이 없는 목소리로 이렇게 말했다.

"하하… 이건 뭐… 방금 출소한 기분이네요."

오디잼

1   검게 잘 익은 오디를 딴다.

2   오디에 설탕을 넣고 졸인다(레몬즙이 있다면 넣는다.
    오디는 단맛이 매우 강하므로 설탕을 적게 넣어도 된다).

3   병에 넣고 보관해서 먹는다.

정원에 커다란 뽕나무가 한 그루 있다. 오뉴월이면 뽕나무의 열매인 오디가 주렁주렁 달린다. 처음엔 이 오디를 잘 따 먹지 않았다. 오디의 맛은 정말 느끼하리만치 단맛! 딱 이것 한 가지다. 사실 나는 '어째서 너는 과실인데 상큼하지가 않은 것이냐!'라며 잘 먹지 않았다. 이웃이 놀러 오셔서는 "어머나! 오디 좀 봐. 엄청 열렸네. 오디를 왜 안 따 먹고 있어요? 너무 아깝네요."라며 혀를 차시기도 하고, 어떤 날은 엄마가 오셔서는 "얘는 이게 얼마나 좋은 열매인데 안 먹고 있냐. 아깝게."라며 오디나무 아래 서서 손과 입술이 새까매지도록 쉴 새 없이 오디를 따 드신다. 한데 이젠 나도 오디를 수확한다. 오디잼을 만들어서 플레인 요구르트에 넣어 먹어본 뒤로 마음이 바뀐 것이다. 넉넉히 만들어서 냉장고에 두고 디저트로 먹는다. 오디잼의 단맛과 요구르트의 신맛이 만나서 궁합이 잘 맞는다. 그리고 하얀색 요구르트에 검은색 오디잼을 넣는 순간 마치 마법처럼 스위트한 진한 핑크색으로 바뀐다.

오디를 따다 보면 세 가지 색의 오디를 볼 수 있는데 붉은색은 아직 덜 익은 것, 하얀색은 병든 것이라고 한다. 내 눈에는 모두 다 다른 색깔의 보석처럼 보인다. 이 달달한 보석을 벌레도 엄청 좋아한다. 흠, 물론 그들은 잘 익은 검은색만 좋아한다.

기본 빵

(맹빵)

미지근한 물

반죽

젖은 면포

1차 발효

성형&휴식

칼집 내기

2차 발효

물

1   밀가루, 이스트, 소금 조금에 미지근한 물을 넣어 반죽한다.

2   반죽을 젖은 면포로 덮고 1차 발효를 한다.

3   부풀어 오른 반죽을 둥글게 성형한 후 휴식시킨다.

4   빵 모양을 만들어 2차 발효를 한 뒤 오븐에 넣어 굽는다.

이곳으로 와서 빵을 배웠다. 지역자치센터에서 하는 제과제빵 자격증 코스를 무려 4개월이나 배우러 다녔다. 물론 자격증 시험까지 도전한 것은 아니다. 당시 내가 빵을 배우러 다닌다고 하자 누군가는 빵집을 낼 것도 아닌데 뭐 하러 공들여 멀리까지 다니냐고 했다. 집에서 그냥 만들어 먹는 용도라면 인터넷에서도 쉬운 레시피들을 얼마든지 찾을 수 있다고 말이다.

나는 예전부터 빵이란 음식을 신기하게 여겼다. 과장되게 표현하면 아름답다고도 생각했다(내가 빵 그림을 종종 그리는 이유이기도). 곡식을 빻아 부풀려 여러 가지 형태와 색깔과 맛을 지닌 음식으로 만들어냈다는 점에서 굉장하다고 생각했다. 갓 구워진 빵은 천상의 맛이 아닐까. 이른 아침 빵집을 지나다가 갓 구워진 빵 냄새가 콧속으로 들어오면 으아… 괜스레 행복감이 밀려왔다. 세상에 그런 음식이 어디 빵뿐이겠냐마는 빵은 조금 더 특별하다고 여겨져 언젠가 한번 제대로 빵을 공부하리라 생각해왔다. 그것은 좋아하는 것을 제대로 알고 싶다는 마음과 비슷하다. 마침 제과제빵 코스를 우연히 알게 되었는데, 수강료도 저렴해서 주저하지 않고 신청했다. 하지만 예상대로 제과제빵사 시험을 위한 수업 프로그램은 창

의적이지도 신선하지도 않았다. 시험을 위한 교과책 위주로 수업이 진행되었고, 운전면허 시험을 보는 것과 비슷하게 뭔가를 정리해서 알려주는 느낌이 들었다. "이렇게 하셔야 쉽고 테스트에서 무난하게 통과할 수 있어요."와 같은. 그럼에도 불구하고 결론적으로 수업 듣기를 잘했다고 생각한다. 나는 뭐든 기초가 가장 중요하다고 여긴다. 그런 점에서 '빵이란 무엇인가?'라는 기초를 알게 된 점이 내겐 매우 유용했다.

귀농한 친구에게서 우리 밀 종자를 얻어 나의 작은 텃밭에 밀을 심어보기도 했다. 매우 작은 수확이었고, 내가 할 수 있는 성질의 농사가 아니라는 판단 이후 다시 심지 않고 있지만 아름다운 밀의 성장 과정을 지켜본 것만으로도 만족한다.

이후 종종 빵을 굽는다. 수업에서 배웠던 빵들을 굽지는 않는다. 수업에서 배운 내용 중에는 빵의 형태와 유지를 위해 여러 가지 첨가물을 넣는데 나는 그런 것들을 넣지 않고 내 식대로 못생겼지만 건강한 빵을 만든다. 인터넷이나 책에 있는 어느 전문가의 레시피대로 할 수도 있겠지만 그때그때 있는 재료로 내 나름의 쉬운 레시피를 가질 수 있는 것도 빵의 기본을 조금 배운 덕분이라고 생각한다. 기초를 배운다는 것은 이런 의미에서 중요하다. 기초를 배우고 난 후에라야 활용이 뒤

따른다.

빵집이 흔한 세상에서 빵을 집에서 만들고 있으면 이 빵이 정말 슬로푸드라는 것을 알게 된다. 반죽과 발효, 굽기의 모든 과정마다 꽤나 시간이 걸린다. 집에 발효기가 없기 때문에 실내 온도와 습도, 그러니까 날씨를 체크하며 발효 시간을 가감해야 한다. 빵 한 개를 먹자고 집에서 이 짓거리를 하고 있다고 생각하면 어떤 때는 참 미련스러워 보이기도 한다. 하지만 오븐에서 바로 나온 뜨끈한 빵은 쳐다보기만 해도 기분이 좋아지니 제빵을 멈출 수가 없다. 내일 먹을 빵을 위해 전날 밤에 반죽을 해놓는다. 내가 잠자는 사이 반죽은 기특하게도 서서히 혼자서 부풀어 올라 있다. 1차 발효 시간이 길어지긴 하지만 다음 날 제빵 시간을 좀 아낄 수 있다.

갓 구운 빵과 함께 커피를 마시며 신선한 공기를 만나는 아침은 행복하다. 간혹 손님이 오면 갓 구운 빵을 대접하기도 한다. 그들이 빵집에서 보지 못한 소박하고 어설픈, 하지만 세상에 없는 빵을 맛보는 일에 신기해하는 것을 보면 나도 참 기쁘다.

빵을 가장 맛있게 먹는 방법

무조건 바로 구워진 빵을 먹는다. 그게 세상에서 가장 맛난 빵.

기본 빵 레시피에 꿀, 설탕, 버터, 오일, 말린 과일, 호두·밤·피칸·땅콩 등의 견과류, 각종 허브류, 올리브, 향신료 등을 넣으면 무궁무진하게 다양한 빵을 만들 수 있다. 빵의 크기와 모양, 들어가는 재료에 따라 오븐의 온도 등은 다시 체크해야 한다.

밀 농사

대여섯 평 정도의 땅에 심은 밀을 수확했다. 내가 사는 동네엔 밀을 빻아주는 방앗간이 없어 멀리 수소문을 해서 밀을 빻아왔다. 지난가을에 심어 이듬해 가을에 만나게 된 밀, 내가 별로 한 일도 없이 땅이 주는 수확이라 생각하면 참으로 고맙다가도 '뭐야, 겨우 이 정도의 밀가루를 얻게 되다니! 역시 농사는 아무나 하는 것이 아니구먼.' 하고 한숨이 나온다.

껍질째 빻은 통밀은 갈색을 띤다. 통밀이 가루가 되어 나오자마자 집게손가락으로 밀가루를 콕 찍어 맛보았다. 음?! 이것은 내가 알던 밀가루의 맛이 아니다. 엄~청 고소한 것이 아닌가! 진정한 곡식의 맛이었다. 아, 밀은 원래 이런 맛이구나! 뿌듯해하며 작은 비닐봉지 하나 정도의 밀가루를 손에 들고 기뻐하니 방앗간 주인이 입술을 실룩이며 웃으신다.

함께 방앗간을 찾아간 이웃께서 "이 밀가루로 빵이 얼마나 나오려나? 허허." 하신다. 나는 "밀가루의 양을 보면 어림잡아 한 열 개의 빵은 나오지 않을까요?"라고 대답한다.

한 해 농사로 빵 열 개를 얻게 된 것이다.

루콜라피자

1   올리브오일을 바른 팬에 피자 도우를 얇게 편다.

2   그 위에 토마토소스를 바르고 모차렐라 치즈를 올린 뒤 굽는다.

3   구워진 피자 위에 신선한 루콜라를 얹고 파르메산(파마산) 치즈가 있다면 강판에 갈아서 뿌린다.

이제는 대략 1제곱미터 크기의 땅에 루콜라를 심는다. 너무 많이 심어봐야 다 먹을 수도 없고 처치 곤란이다. 처음에 외국에 있는 친구가 씨를 보내줘서 심기 시작했는데 해마다 씨를 받아서 몇 년째 심어오고 있다. 루콜라는 농사가 쉽다. 4월에 파종을 하고 나면 스스로 꽤 실하게 자란다. 크기가 성장하는 5월부터 꽃이 피기 전까지 계속 먹을 수 있다. 어릴 땐 어린 대로, 좀 크면 큰 대로 그 맛을 즐길 수 있다. 그렇지만 어느 해인가 벌레를 탄 적이 있는데 그땐 내가 먹을 것이 하나도 없이 벌레들이 싹 다 먹어버렸다. 특히 새싹이 올라올 때 벌레들이 엄청 먹어댄다. 벌레들이 양보해준 해에는 벌레님들에게 감사하며 루콜라를 수확해서 먹는다. 쌉쌀한 맛의 루콜라는 향취와 식감이 조금 다를 뿐 열무와 비슷한 느낌의 채소다. 기름기가 있는 음식과 함께 먹으면 어울린다.

하와이안피자

1   올리브오일을 바른 팬에 피자 도우를 얇게 편다.
2   그 위에 토마토소스를 바르고 모차렐라 치즈와
     통조림 파인애플을 올린 뒤 오븐에 굽는다.

내가 아는 하와이안피자는 그저 피자 도우에 통조림 파인애플을 올린 것으로, 나는 이 피자를 가장 좋아한다. 달콤한 파인애플이 뜨거워진 상태로 치즈와 만나 행복한 맛을 준다.

피자 도우 만들기

1 미지근한 물에 밀가루, 이스트, 소금 조금, 설탕 조금을 넣고
반죽한다.
2 반죽이 어느 정도 만들어지면 올리브오일을 조금 넣고
마저 치대며 반죽한다.
3 한 시간 정도 실온 발효를 한다.
4 완성된 반죽은 냉장고에서 한 시간 정도 숙성시킨 뒤 쓴다.

피자 도우는 매번 만들기도 귀찮기 때문에 여러 번 구워
먹을 수 있는 양의 반죽을 만들어 냉동 보관했다가 꺼내 쓰곤
한다.

토마토소스 만들기

1 올리브오일에 다진 마늘을 볶다가 다진 양파, 바질,
오레가노 등 허브류와 토마토퓌레를 넣고 끓인다
(토마토퓌레 만드는 법은 150p 참고).
2 소금, 후추, 설탕을 넣어 간을 한다.

크르릉

여름

바질페스토

1   바질잎에 올리브오일을 넣고 믹서로 간다.
2   병에 넣어두고 요리에 넣어 먹는다. 또는 소분해서 냉동하면
    오래 두고 먹을 수 있다.

바질과 올리브오일 외에 다른 재료들(마늘, 소금, 후추, 말린 고추,
견과류, 치즈 등)을 넣어서 함께 갈아도 된다.
만들어진 바질페스토는 빵이나 비스킷에 찍어 먹기도 하지만
빵을 만들 때 넣거나 주로 파스타에 쓴다. 별 재료가 없을 때
파스타 면을 삶아 바질페스토를 넣으면 한 끼가 후딱 만들어진다.

바질을 따서 물에 씻고 말리는 과정에서 바질잎을 만져보면 미끄덩거리는 감촉이다. 이파리가 두툼하진 않지만 뭔가 먹을 수 없는 식물일 것만 같은 느낌을 준다. 바질잎은 이파리를 그리라고 했을 때 떠오르는 전형적인 관념 속의 단순한 잎 모양이다. 그래서일까, 바질잎을 갈아서 페스토를 만들다 보면 어린 시절 이파리들을 뜯어다가 돌멩이로 빻아 음식을 만들던 소꿉놀이가 연상된다. 어떤 식물인지 알지도 못하면서, 그리고 먹지도 못하면서 조막손으로 요리를 하고 친구와 함께 냠냠 먹는 시늉을 했다니. 지금 생각해보면 참 우습고도 귀엽다(요즘 어린 소녀들은 장난감 회사에서 나오는 다양한 플라스틱 요리 도구와 재료로 소꿉놀이를 하는 것 같다). 바질을 손질하면 여전히 소꿉놀이를 하고 있는 기분이 든다. 하지만 이제는 진짜로 먹을 수 있는 것들을 만드는 것이다.

바질 농사

바질은 봄에 파종을 하고 잎이 나기 시작하면 여름부터 가을까지 계속 잎을 따서 먹을 수 있다. 이른 가을, 꽃이 피고 열매가 맺힐 무렵에 모두 수확을 해서 페스토를 만든다(예상 밖으로 페스토를 만드는 데 엄청난 양의 바질잎이 쓰인다). 꽃이 피어 있는 줄기 부분은 그대로 잘라서 올리브오일에 넣어두고 바질올리브오일을 만들어서 요리에 이용한다. 다음 해 봄을 위해 씨는 받아서 말려둔다.

바질파스타

1 파스타 면을 삶는다.
2 팬에 올리브오일을 두르고 파스타 면과 바질페스토를 넣고
   후다닥 젓는다(만들어놓은 바질페스토에 간이 안 되어 있으면
   소금, 후추로 간을 한다).
3 파르메산 치즈를 뿌려 먹는다.

두 개의 앞치마

마늘새우구이

1   달군 팬에 올리브오일, 통마늘, 바질, 새우, 소금,
    후추를 넣고 굽는다.

갓 수확한 마늘의 맛은 달고 쫀득하다. 초여름 수확한 마늘로
마늘이 주인공인 요리를 해 먹는다. 시원하게 냉장해둔
화이트와인과 함께 먹는다.

마늘 농사

배추나 무 농사가 끝나고 11월 쌀쌀한 바람이 불기 시작하면 마늘 농사를 준비한다. 내가 사는 동네는 지역 특성상 마늘 농사가 힘들다고 한다(마늘은 따뜻하고 매우 기름진 토양에서 잘 자란다고). 그래서 대부분의 농사를 꽤나 잘 지으시는 이웃들도 마늘 농사는 짓지 않는 편이다. 그래도 나는 오랜 시간이 걸리고 텃밭 한 귀퉁이를 차지하더라도 '어차피 조금 심는 건데, 뭐.' 하면서 마늘을 심는다. 마늘은 겨울이 오기 직전에 심고 땅속에서 겨울을 난다. 내가 사는 곳은 꽤나 추운 편이므로 마늘을 심고 나서 위에 볏짚이나 비닐을 덮어주어야 한다. 이듬해 봄이 오면 마늘의 새순이 올라오는데 매번 봐도 참 신기하다(땅속에서 4개월 정도를 자다가 깨어나는 것이 아닌가! 개구리 왕자님이 깨워주는 모양이다). 6월이 오면 마늘종이 올라오고 잎이 누렇게 시들어갈 즈음 마늘을 캔다.

보통 한두 평 정도의 땅에 마늘 100개 정도를 심어서 60~70퍼센트 정도가 살아남아 60~70포기 정도를 수확한다고 할 때, 육쪽마늘이라는 가정하에 300~400개 정도의 마늘이 나오는 것이니 심은 마늘에 비해 3~4배의 수확을 얻게 된다. 이렇게 보면 뭐, 언제나 수치상으론 괜찮다고 생각하는데 씨마늘을 남기고 나면 먹을 마늘이 꽤나 부족하다. 물론 농사라 말하기도 뭐할 만큼 조금 심었기 때문에 욕심을 부릴 수는 없지만. 게다가 나의 마늘은 퇴비나 비료를 많이 안 먹고 자라나서 크기가 너무 심하게 귀엽기 그지없다. 그렇다고 마늘 농사를 포기할 수는 없다. 갓 수확한 마늘의 달콤함을 포기할 수 없어서다. 또 그렇다고 마늘밭을 더 넓힐 생각도 없다. 그러기엔 나의 밭이 작고 감당하기에도 벅차다.

겨울에 보온을 위해
짚이나 비닐을 덮어준다.

봄이 오면 마늘은
자라기 시작한다.

무더운 여름이 오기 직전
마늘종이 올라오고 잎이
누렇게 변하면 곧
수확기가 온다.

마늘종파스타

1 파스타 면을 삶는다.
2 올리브오일을 넉넉히 두른 팬에 마늘종을 넣고 볶다가
   삶은 파스타 면을 같이 넣고 후다닥 섞는다.
3 소금, 후추로 간을 한다.

< 파스타 면 종류 >

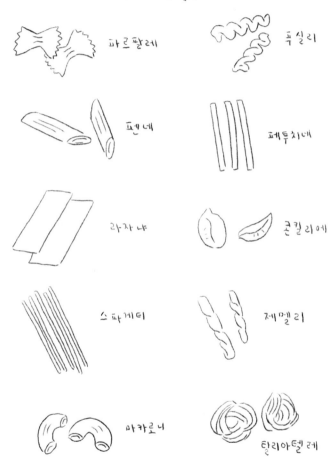

파르팔레

푸실리

펜네

페투치네

라자냐

콘킬리에

스파게티

제멜리

마카로니

탈리아텔레

알리오올리오파스타는 올리브오일과 마늘만 있으면 되는 가장 간단한 파스타. 마늘 수확 철엔 마늘을 아낌없이 듬뿍 넣어 해 먹는다. 마늘종이 나는 계절엔 마늘종만을 넣어서 만들어 먹는다.

그때그때 있는 재료로 이를테면 버섯, 올리브, 새우, 관자, 베이컨 등등 좋아하는 것을 더 넣어 다양한 종류의 파스타를 만들어 먹기도 하는데 나는 주로 단순하게 먹는 것을 좋아하는 편이다.

딸기스무디

요구르트

얼린 딸기

1   얼린 딸기에 우유, 요구르트를 넣고 믹서로 간다.

나도
딸기가 좋아!

　누군가 어떤 과일을 가장 좋아하느냐고 묻는다면 나는 딸
기라고 답할 것이다. 지금은 사시사철 딸기를 사 먹을 수 있
다. 예전엔 겨울철에 임신한 부인이 딸기를 먹고 싶다고 하면
딸기를 찾아 사방을 헤매 다녔다는 애처가들의 이야기가 흔
히 들리던 시절이 있었다. 그만큼 딸기는 모양도 색도 예쁜 새
콤달콤한 과일 맛의 대명사가 아닐까. 적어도 내게는 아직도
그렇다.

딸기 농사

딸기는 처음에 모종 몇 개를 구입했는데 몇 년 사이에 커다란 밭이 될 정도로 번식을 했다. 수확이 끝난 가을이나 아직 꽃이 피기 전 이른 봄에 딸기를 옮겨 심는다. 딸기는 번식을 하면서 기는줄기를 갖게 되는데 그것을 떼어다가 심는 게 수확에 효과가 있다고 해서 그렇게 하고 있다. 그리고 꽃이 피면 좀 더 큰 딸기를 얻기 위해 꽃을 솎아줘야 한다고 해서 그것도 그렇게 하고는 있지만 뭐 수확이 좋은지는 솔직히 잘 모르겠다. 나의 밭 딸기는 사 먹는 딸기와는 비교도 안 될 만큼 크기도 작고 못생겼다. 게다가 벌레들과 나눠 먹어야 한다. 하지만 그 맛이 다른 곳에서는 찾을 수 없는 새콤함과 신선함을 갖고 있기 때문에 수확량이 얼마 되지 않아도 밭 한구석을 항상 딸기에게 분양한다. 5월이 오면 아침마다 딸기밭에 들러 딸기를 몇 개씩 따서 먹는다. 그리고 남는 딸기는 조금씩 봉지에 넣어 냉동한다. 딸기가 없는 계절에 스무디로 만들어 먹기 위해서다.

보리수잼

1 빨갛게 잘 익은 보리수 열매를 따서 씨를 빼내고
   과육만 믹서로 간다.

2 과육에 설탕을 1:1 비율로(너무 단 것이 싫으면
   70~80퍼센트 정도) 넣고 불에 졸인다.

3 소독한 유리병에 넣어두고 먹는다.

15년쯤 전에 터를 장만해서 집을 짓기도 전에 심었던 보리수 묘목이 이제는 꽤 큰 나무가 되었다. 해마다 6월이 되면 아름다운 사랑 같은 보리수가 열린다. 보리수나무는 크게 벌레를 타지 않아서 열매를 고스란히 수확할 수 있다. 보리수가 열리는 계절이면 나무를 지나칠 때마다 잘 익은 보리수 열매를 몇 알씩 따 먹는다. 새콤하고 쌉쌀하고 쫀득하다. 이 보리수 열매를 저장해서 두고 먹으려면 어찌해야 할까. 이 계절에 나오는 다른 열매들, 즉 오디, 앵두, 매실 등은 술로 담그면 맛도 좋고 색도 예쁘다. 한데 보리수 열매는 술로 담갔더니 영 맛이 없거니와 색도 그다지 예쁘게 우러나지 않았다. 결국 씨를 빼내야 하는 번거로움 때문에 시도하지 않았던 잼을 만들었더니 가히 귀한 맛이 나는 식재료가 되었다. 색도 어여쁜 다홍빛이다. 신맛을 좋아하는 내게 살구잼에 비길 만큼 맛있는 잼이다.

보리수 열매가 익어가면 이웃에서 나의 정원으로 보리수 열매를 따러 오신다. 보리수 열매가 천식에 효능이 있다는 얘기를 듣고 손주를 위해 보리수액을 만드신다. 나의 집 보리수나무의 열매는 내가 먹을 잼을 만들고 나서도 주렁주렁 매우 많이 달려 있기 때문에 언제든지 수확해 가져가시라고 말해 두었다. 어느 해 보리수나무가 새끼를 쳤기에 캐서 이웃집 정

원에 심어드렸다. 몇 년이 지나면 이웃의 정원에서도 보리수 열매가 주렁주렁 열리게 될 것이다.

복숭아조림

1 단단한 복숭아의 껍질을 벗기고 적당한 크기로 썬다.

2 물과 설탕을 넣은 냄비에 썰어놓은 복숭아를 넣고
   살짝 끓인다.

3 뜨거울 때 설탕물과 함께 익힌 복숭아를 병에 넣고
   병뚜껑을 닫아 거꾸로 놓으면 밀봉이 된다.

4 기력이 달릴 때, 혹은 우울할 때 꺼내 먹는다.

봄이 오면 나의 정원에 있는 두 그루의 복숭아나무에 복숭아꽃이 엄청나게 많이 피어 아름답다. 꽃들은 곧 주렁주렁 열매가 된다. 하지만 이 열매들이 붉게 또는 튼실하게 익기도 전에 벌레님들의 파티가 연일 벌어진다. 결국 나는 그들이 훼손한 부위를 잘라내고 남는 부위를 먹는 수밖에 없다. 그래도 이거라도 먹을 테다, 하고 썩은 부위를 도려내고 뽀얀 부분으로만 복숭아조림을 만든다. 복숭아를 만지고 자르는 동안 손에 복숭아 향기가 배어든다. 아, 복숭아란 향기를 먹는 것인가 보다. 벌레님들, 너희들이 왜 좋아하는지, 파라다이스를 상징하는 과일이 왜 복숭아인지 충분히 알겠네요.

엄마와 함께 복숭아나무 두 그루를 사다가 심었다. 한 개는 황도, 한 개는 백도. 나무를 살 때 종종 듣는 말이 있다. 작은 묘목을 살까, 아니면 어느 정도 키워놓은 둥치가 있는 나무를 살까 고민하면 나무 상인은 이렇게 말한다.

"큰 거 사서 시간을 버세요."

작은 묘목을 언제 이렇게 키우느냐는 거다. 그만큼 이미 어느 정도 키워놓은 나무는 묘목에 비해 가격이 비싸다. 사실 가격 때문에 고민하는 것이 아니다. 이미 수령이 어느 정도 된 나무는 옮겨 심었을 때 몸살을 앓는다. 덩치가 어느 정도 자란

나무를 심으면 묘목을 심었을 때보다 죽을 확률이 높다는 것을 경험으로 알고 있기 때문에 고민하는 것이다. 하지만 나무 상인의 말처럼 수령이 어느 정도 된 나무는 자리를 잡기만 하면 금세 정원의 한 자리를 차지하여 누리고자 하는 어떤 것들을 빨리 누릴 수 있다. 과일나무의 경우는 이른 수확의 결실을 볼 수 있고, 꽃나무의 경우는 빨리 꽃을 볼 수 있다.

엄마와 나무를 사러 갔을 때 엄마는 복숭아나무 두 그루를 꼭 사라고 채근하셨다. 그리고 수령이 어느 정도 된 나무를 사라고 하시면서 당신이 값을 치르겠다고 하셨다. 나는 괜찮다고, 내가 사겠다고 했지만 굳이 사주고 싶어 하셔서 그러시라 했다. 나무를 사가지고 돌아와 나무의 위치도 엄마의 뜻에 따라 정해서 심었다. 나무를 다 심고 물을 주면서 엄마는 뿌듯하게 나무를 바라보며 말씀하셨다.

"이제 이 나무는 엄마 나무다. 알았지?"

이게 뭔 소린가 하고 있는데 이어서 말씀하셨다.

"엄마가 언제까지 네 옆에 있겠니. 하지만 이 나무는 네 곁에 있을 거 아니니. 그러니 엄마 나무라고 생각하렴."

심은 지 한 해 만에 복숭아나무는 꽃을 많이 피웠고 곧이어 많은 열매를 맺었다. 정말로 묘목을 심었을 때보다 빨리 열매를 볼 수 있게 되었다. 나무 상인의 말대로 시간을 벌었다.

풍성하게 달린 열매를 바라본다. 그리고 엄마의 말씀대로 이 나무를 보면 엄마 생각이 저절로 떠오를 수밖에 없다.

부추전

1   부추를 씻고 적당한 크기로 자른다.
2   부추에 부침가루를 넣어 반죽한 뒤 기름을 두른 팬에 부친다.

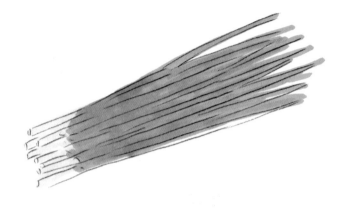

　비가 오는 날에는 전을 먹는다. 비 오는 소리와 전을 부칠 때 나는 소리가 비슷하기 때문이라고 하지만 굳이 그렇게 말하지 않아도 비 오는 날 전을 부치고 있으면 기분이 좋아진다. 비가 오면 아무래도 우울해지거나 센티멘털해지니 기름지고 칼로리가 높은 것을 먹으면 좋다는 식으로 말하면 너무 낭만적이지 않다. 비가 오는 날은 낭만을 챙겨보자. 비 오는 어두컴컴한 대낮에 "우리 심심한데 전이나 부쳐 먹을까?"라고 가볍게 말하고 전을 부쳐서 막걸리와 함께 먹는다.

부추 기르기

부추는 텃밭 적당한 곳에 한번 심어놓으면 봄에서 여름까지 계속 잘라 먹을 수 있다. 겨울잠을 자고 다시 봄이 오면 "나여기 있어." 하고 기지개를 켜듯 또 자라나주는 부추는 텃밭의효도 채소가 아닐 수 없다. 하지만 한곳에 오래 있으면 뿌리가너무 왕성해지고 서로 엉켜서 성장에 방해가 된다고 한다. 해서 3~4년 정도 된 부추는 캐서 뿌리를 나누어 다시 옮겨 심어준다. 이러다 보니 점점 부추밭이 넓어지는 형국이 되어버린다. 텃밭을 갖고 있는 지인들이 놀러 오면 "혹시 부추 기르실래요?" 하며 캐서 주고는 있지만 나의 작은 텃밭을 잠식하는부추를 어찌하지 못하고 있다. 살겠다고, 번식하겠다고 하는것들을 과감히 캐내버릴 용기가 아직은 없으니 한참 멀었다.

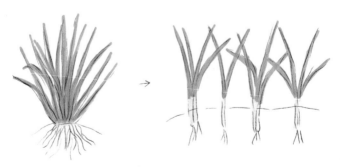

〈부추 옮겨 심기〉

오이소박이

1 적당한 크기로 자른 오이에 십자로 칼집을 낸다.

2 부추를 적당한 크기로 썰어놓는다.

3 끓인 소금물이 뜨거울 때, 잘라놓은 오이에 붓는다.

4 고춧가루, 액젓, 새우젓, 매실액, 마늘, 생강 그리고
   썰어놓은 부추를 넣어 양념장을 만든다.

5 소금물에서 건져놓은 오이를 양념장으로 버무려
   통에 넣고 보관하며 먹는다.

오이 농사

오이는 길게 키가 크면서 자라는 작물이라 심기 전에 미리 지지대를 높게 세워준다. 오이 모종을 사다가 세워둔 지지대 아래 심는다. 자라면서 새로 나는 순을 잘라줘야 오이가 실하게 열린다고 한다. 하지만 나는 이 오이 농사에 늘 실패하는 편이다. 나의 밭에서는 오이가 생각만큼 많이 열리지 않는다. 아마도 관리 부실 때문이겠지만. 매해 봄에 서너 개의 모종을 사다가 심는데 안타깝게도 내가 키운 오이 덩굴에는 소박이를 담가 먹을 수 있을 정도의 오이가 열린 적이 없다. 나와는 달리 같은 모종을 심어도 오이가 주렁주렁 잘 달리는 이웃께서 힌트를 주신다. 자신들은 오줌을 모아서 묵힌 후 비료로 쓴다고 한다. 하지만 나는 여태 그분들처럼 오줌을 모으지 못하고 있다. 꽤 난이도가 있는 일이다. 끙.

오이소박이는 내가 가장 좋아하는 반찬이다. 오이가 많이 나는 여름철에 엄마에게 전화를 걸어 오이소박이 노래를 부른다. 엄마가 만들어주신 오이소박이가 가장 맛이 좋지만 엄마에게 얻어먹을 수 없을 때는 스스로 만들기도 한다. 다른 김치류는 줄지 않아도 오이소박이만은 만들어놓고 익기도 전에

다 먹어버리곤 한다. 그래서 늘 아쉬운 반찬이다.

"엄마, 오이소박이 좀 만들어줘."

"야, 요즘 오이 비싸."

"그럼 안 되겠네."

그래도 양심은 있어서 오이가 비싼 철에는 찾지 않는다.

달걀장조림

1 달걀을 삶아 껍데기를 까놓는다.

2 물에 간장, 설탕, 통후추, 고추, 파뿌리를 넣고 끓인 뒤
   삶아놓은 달걀을 넣고 조린다.

3 밥반찬으로 먹기도 하지만 떡볶이를 해 먹을 때 넣기도 하고
   국수 요리의 고명으로도 쓴다.

이웃이 방금 낳은 달걀을 파신다기에 조금 샀다. 달걀은 어쩔 수 없이, 혹은 유일하게 내가 가장 많이 먹는 육식 먹을거리다. 우리 마을에는 양계장이 여러 곳 있다. 그곳의 환경에 대해서는 사실 별로 언급하고 싶지 않다. 달걀 또는 닭고기가 만들어지는 환경은 그다지 아름답지 않다. 모든 먹을거리가 만들어지는 과정을 알게 되면 내가 이런 것들을 먹어야 하나 하는 회의가 밀려온다.

이웃들 중에는 신선하고 믿을 수 있는 닭의 알, 즉 달걀과 닭고기를 먹기 위해서 직접 닭을 기르는 분들이 있다. 내게도 닭을 길러보라고 권하시지만 도무지 엄두가 나지 않는다. 지금도 집 안팎으로 주어지는 노동이 벅차기 때문에 더 없고 싶지 않고, 정원을 왕래하고 있는 고양이들과 닭들의 관계 설정에 대한 걱정이 앞서기도 하기 때문이다.

이웃의 논과 밭에 닭들이 뛰어다닌다. 호기심에 나의 집 울타리 너머까지 왔다가 나를 보자 우르르 도망을 친다. 덩치가 커다랗고 활력이 넘친다. 아주 가끔이지만 바구니를 들고 가서 이웃집 닭들이 낳은 유정란을 조금 사온다. 그들이 낳은 알을 먹는 호사를 누린다.

"닭님들, 오늘 낳은 달걀 좀 사가도 될까요?"라고 물으면 닭들이 "그래, 먹고살기도 힘든데 좀 팔게요."라고 답하지 않을까 하는 이상한 상상을 해보고 있자니 갑자기 내가 몬스터가 된 느낌이 들기도 하지만.

"닭님들, 고맙습니다. 그리고 죄송한데 무척 고소하네요."
언제나 이 많은 먹거리, 그들의 희생으로 사람들의 생존이 유지된다는 사실을 잊지 않으려 한다.

닭죽

1 닭 한 마리를 씻어서 물에 푹 익힌다(이때 대추나 인삼이
   있다면 넣는다).

2 익힌 닭을 꺼내 살을 발라낸다. 닭 국물의 일부를
   체에 받쳐둔다.

3 발라낸 살과 닭 국물에 씻어놓은 찹쌀을 넣고 끓인다.

4 소금으로 간을 해서 먹는다.

5 닭의 나머지 부위와 국물은 밖의 정원고양이들에게 준다.

나는 닭고기를 그다지 좋아하지 않는다. 특히 백숙이나 닭죽같이 물로 요리한 것은 더 그렇다. 하지만 종종 닭 한 마리를 산다. 그 닭의 일부분은 내가 먹고, 나머지는 나의 정원을 왕래하는 밖의 고양이들에게 주기 위해서다. 물론 밖의 고양이들도 물로 익힌 닭보다는 기름에 튀긴 치킨을 더 좋아한다. 하지만 안타깝게도 시골에 사는 내겐 치킨은 더더욱 가끔 먹는 음식이 되었다. 짐승들도 그들을 거둬 먹이는 사람을 잘 만나야 호사를 누리는데 미안하게도 나는 고기나 생선을 자주 먹는 편이 아니다. 내가 잘 안 먹으니 고기나 생선을 자주 사지 않는다. 육식파 정원고양이들에겐 운이 없다고 말할 수밖에 없다. 그래서 가끔 미안한 마음에 닭 한 마리를 사곤 한다. 한 마리의 닭에서 조금 떼어내서 만든 닭죽은 나의 영양식으로, 나머지는 그들의 특식으로 이용한다.

밖의 고양이들은 내가 그들에게 먹이를 나눠주듯 가끔 그들의 먹이를 내게도 나눠주려는 듯하다. 온갖 설치류는 물론 개구리, 뱀에 이르기까지 잡아다 놓아둔다. 그들은 포획해놓은 사체 앞에 앉아 순진하고도 빛나는 눈동자로 나를 쳐다보곤 한다.

"얘들아, 고맙긴 한데… 나 그런 거 안 먹거든."

깻잎장아찌

1 깻잎을 따서 씻는다.

2 물, 간장, 액젓, 매실액, 다진 파, 다진 마늘을 넣고
   양념장을 삼삼하게 만든다.

3 깻잎을 차곡차곡 냄비에 놓고 위 양념을 부어 살짝 김이
   오를 정도로만 찐다(두고 먹으려는 깻잎장아찌를 만들 때는
   생잎에 조금 짭조름하게 양념한 간장을 발라 만들기도 하지만
   금방 먹을 적은 양을 만들 때는 간이 세지 않게 해서 쪄내는
   방법으로 만든다).

누구는 밥도둑이라며 장아찌를 매우 좋아하지만 나는 사실 장아찌를 별로 먹지 않는 편이다. 너무 짜기 때문이다. 그래도 가끔 만들어 먹는 장아찌는 깻잎장아찌다. 장아찌는 한 번 담글 때 많은 양을 담가야 제맛이 난다고 한다. 나처럼 함께 사는 가족이 없는 경우에는 불가능하므로 맛 좋은 장아찌를 못 담그는 것은 어쩔 수 없는 일이다. 누군가가 적은 양을 삼삼하게 먹으려면 쪄서 먹어보라고 해서 그렇게 했더니 먹기에 좋다.

깻잎장아찌는 들깨의 잎으로 만든다. 이 들깨는 내가 일부러 씨를 뿌리지 않아도 해마다 어딘가에서 나온다. 아마도 시작은 근처 들깨 농사를 짓는 이웃 밭에서 날아든 씨앗일 것이다. 혹은 새들의 소행일 것이다. 한번 자리 잡은 깨는 그 근방 어딘가에 씨가 떨어져 이듬해에 또 돋아난다. 굳이 들깨를 파종하지 않아도 나의 밭 정원 어딘가에서 돋아나는 몇 줄기의 들깨만으로도 나의 먹이가 되기에 충분하다. 정원에 심지 않았는데도 저절로 나서 자라는 것들을 대부분 잡초라고 부른다. 먹을 수 있는 풀은 '채소'라고 승격되기도 하는데 적어도 나의 정원에서는 이 깻잎이 그 대표 주자가 아닐까 싶다. 아무리 어린 잎이어도 깻잎 특유의 향기로 "난 잡초가 아니라고!" 하며 외치는 것만 같다.

잡초와의 전쟁은 장마철이 지나고 뜨거운 햇살이 이글거리는 여름의 중턱에 극에 달한다. 땀을 뻘뻘 흘리며 그들과 대결해봤자 언제나 나의 패배다.

선드라이드토마토

1 토마토를 적당한 크기로 썬다(토마토가 수분이 너무 많으면
   씨 부분을 걷어내기도 한다).
2 햇볕 좋은 곳에 널어 말린다.
3 잘 말린 토마토는 올리브오일에 담가두고 먹는다.
   또는 그대로 냉동 보관을 해서 갖가지 요리에 쓴다.

토마토는 그냥 생으로 먹는 것보다 주로 불에 익히는
요리를 해서 먹는다. 그렇게 하는 게 더 영양가가 높아진다고
하던데 맛도 더 좋다. 토마토는 그 자체보다 다른 재료와
어우러졌을 때 요리가 완성되는 것 같다.

토마토는 '앗! 내 정수리! 너무 뜨거워!' 할 정도로 햇볕이 좋은 날에 말리는 게 가장 좋다. 꾸덕꾸덕하게 말리고 나면 마치 육포와 비슷한 색감이 난다. 날씨가 도와주면 2~3일 만에도 마르지만 그렇지 않으면 꽤나 고생을 하게 된다. 말리는 도중에 한 번이라도 비를 맞으면 바로 곰팡이가 펴서 못 쓰게 된다. 여러 차례 애써 말리던 것들을 아깝게도 버릴 수밖에 없었던 경험이 있다. 그래서 나는 선드라이드토마토를 만들기로 마음먹으면 언제나 주간 일기예보를 찾아본다. 그럼에도 토마토 수확 철에 날씨가 도와주지 않을 때는 어쩔 수 없이 오븐에 넣어 구워준다(100도 정도의 온도에서 한두 시간 정도). 오븐에 구운 토마토라고 하더라도 반드시 중간에 햇볕을 만나게 해주어야 맛 좋은 드라이드 토마토가 된다. 생각할수록 이 '햇볕'이라는 것은 강력한 조미료가 아닐 수 없다(고추도 태양초가 빛깔도 좋고 맛도 좋다는 것은 누구나 아는 사실. 물론 그렇기에 더 비싸기도 하지만 이 수고로움을 생각하면 당연하게 여겨진다). 내 몸도 조미료를 필요로 하여 햇볕 뜨거운 날 정원 한 귀퉁이에 멍하니 앉아 일광욕을 한다. 나의 몸도 햇볕을 받으면 기분이 좋아진다.

선드라이드토마토파스타

1   파스타 면을 삶는다.
2   올리브오일을 두른 팬에 편으로 썬 마늘을 넣고 볶다가
    선드라이드토마토와 삶은 파스타 면을 넣고 소금, 후추로
    간을 한다.
3   파르메산 치즈를 뿌려 먹는다.

토마토 농사

수확 후에 잘 익은 실한 놈을 골라 씨를 받아 잘 말려둔다. 이른 봄에 실내(혹은 온실) 파종을 하여 모종을 만든다. 싹이 나고 본잎이 나기 시작하면 비가 오는 날을 기다려 모종을 노지에 옮겨 심는다. 생각보다 많은 씨가 발아되어 엄청난 양의 모종을 얻을 수 있다. 모종 내기가 어려운 때는 모종을 사다가 심는다. 노지로 옮겨 심은 토마토에는 각각의 지지대를 만들어줘야 한다. 토마토는 봄과 여름을 지나면서 무럭무럭 자란다. 열매가 열리기 시작하는 초여름부터 초가을까지 수확을 할 수 있다. 부지런히 붉게 익은 것을 수확해서 토마토가 나지 않는 계절을 위해 말리거나 끓여 먹거리를 준비해둔다.

비 오는 날 모종을 옮겨 심는다.

토마토퓌레

1 토마토를 끓는 물에 살짝 데친 뒤 찬물에 헹구면
   껍질이 잘 벗겨진다.

2 껍질을 벗긴 토마토를 믹서로 간다.

3 간 토마토를 불 위에 올려놓고 졸인다.

토마토퓌레를 만드는 때가 오면 나는 마치 김장과도 같은 행사를 치르는 마음으로 준비한다. 토마토퓌레는 토마토가 왕성하게 수확되는 철인 늦여름 무렵에 만든다. 선드라이드 토마토는 작은 토마토로 만들고, 토마토퓌레는 크기가 큰 것으로 주로 만든다. 퓌레는 갖가지 요리에 쓸 수 있다. 피자나 스테이크, 스파게티 등의 소스에도 쓰지만 수프, 카레, 스튜 등 국물을 먹는 요리에 주로 이용한다. 특히 고기나 생선, 조개 요리에 쓰면 좋다. 나는 가끔 김치찌개에 넣어서 먹기도 한다. 생각보다 맛이 좋다(물론 나의 입맛).

만들어놓은 토마토퓌레는 소분해서 냉동고에 저장해놓는다. 냉동고가 아무리 비좁아도 그해 만들어 저장할 토마토퓌레가 들어갈 자리는 꼭 마련해놓는다. 겨울철엔 마트에서 토마토를 사 먹으려면 상당히 비싸서 손이 잘 가지 않는데 이때 효도를 하는 고마운 먹거리가 된다.

토마토수프

1 냄비에 올리브오일을 두른 뒤 다진 마늘,
   다진 양파를 넣고 볶는다.
2 작은 크기로 썰어놓은 양배추, 셀러리,
   토마토(또는 토마토퓌레)를 넣고 뭉근해지도록
   푹 끓이다가 소금, 후추로 간을 한다.

오래전에 인도 여행을 하던 중 여행한 지 30일 정도가 지났을 때 숙소에서 앓아누웠던 적이 있다. 온종일 축축한 침상에 누워 천장을 바라보다가 문득 엄마가 끓여준 시원하고 담백한 콩나물국 한 사발을 마시면 병이 나을 것만 같았다. 집 밖에 나가 엄마를 그리워하기보단 죄송하게도 엄마의 음식이 그리웠다. 남은 여행을 지속해야 했기에 아픈 몸을 일으켜 숙소의 레스토랑으로 허우적거리며 가서는 메뉴판을 들여다보았다. 물론 콩나물국과 비슷한 건 없었다. 나는 뭔가를 씹을 힘이 없어 메뉴에 있던 유일한 수프인 토마토수프를 주문했다. 작은 볼에 담겨 나온 시큼털털했던 토마토수프를 살기 위해 떠먹었다. 기억이라는 것은 참 이상야릇하게 몸에 남겨진다. 지금은 가끔 몸이 불편할 때 토마토수프를 해 먹는다. 엄마의 콩나물국 이후에 내게 또 하나의 힐링 음식이 생겼다.

토마토스튜

1 토마토, 소고기, 감자, 양파, 피망, 셀러리, 당근, 마늘 등
   냉장고에 있는 채소를 모두 비슷한 크기로 썰어 준비한다
   (병아리콩 등 콩류를 익혀서 넣어도 된다).
2 냄비에 올리브오일을 두르고 마늘, 양파를 시작으로 모든
   재료를 볶다가 토마토퓌레와 우유를 넣고 뭉근하게 끓인다.
3 바질이나 월계수잎, 오레가노 같은 허브가 있으면 넣는다.
   소금, 후추로 간을 한다.
4 빵이나 밥과 함께 먹으면 든든한 한 끼 식사가 된다.

앞의 레시피에 카레 가루를 넣으면 카레가 된다. 뭔가 허기지고 건강한 음식을 먹어야겠다 싶을 때, 또는 냉장고에 오래 둔 채소들을 처리해야 할 시기가 되면 이 요리를 해 먹는다.

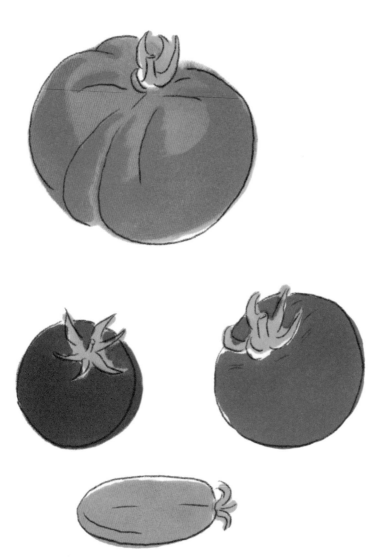

가을

모닝샌드위치
(사과치즈샌드위치)

1   빵에 사과와 치즈를 올려 먹는다.

아침 운동

내가 아는 가장 간편한, 가장 자주 해 먹는 아침 식사 메뉴다.
샌드위치 백작이 바빠서 먹었다는 샌드위치는 모름지기
간편해야 한다. 갓 구운 빵이면 좋겠지만 뭐, 어제 만든 빵이어도
괜찮다. 이른 아침부터 빵을 굽기는 귀찮으니까. 방금 내린
커피와 함께 먹는다.

나는 치즈를 좋아한다. 하지만 이 치즈는 소나 양에게서 온 것인데 우리나라는 낙농업이 경쟁력(?)이 없어서인지 국내산 치즈를 양껏 만날 수 없는 게 현실이다. 그렇다 보니 치즈는 대부분 수입산이라 원산지에 비해 종류도 한정되고 가격도 비싼 편이다. 맛 좋은 치즈를 사 먹는 게 어쩌면 사치가 되는 환경이다. 나는 고기는 포기할 수 있지만 치즈를 비롯한 유제품은 포기가 안 된다. 언젠가 이웃과 치즈에 대한 이야기를 나누다가 치즈도 직접 만들어서 먹을 수 있다는 솔깃한 이야기가 흘러나왔다. 오! 정말요? 나는 흥분하여 방법을 알려달라고 했다. 바로 산양을 분양받으면 된다는 얘기였다. 산양에게서 나온 산양 젖을 이용해서 요구르트는 물론 치즈까지 만들 수 있다고. 오! 여기까지는 어쩌면 가능할지도 모른다고 생각했다. 그래서 산양은 대체 어디에서 얼마면 살 수 있는지를 물어보니, 일단 산양을 기를 수 있는 산이 있어야 한다고. 그러고 보니 산양은 산에서 살아야 되겠구나. 나의 작은 정원에서 사는 산양은 도무지 상상이 되지 않았다.

　산에 있는 산양, 그다음에도 치즈에 도달할 때까지 일어날 무수히 복잡해 보이는 일들을 상상해보기도 전에 나는 마음을 접었다. 휴. 가끔 유럽에서 건너오는 치즈를 사 먹는 사치를 지속하는 걸로 결론을 냈다.

사우어크라우트

1 양배추를 채 썬다.

2 채 썬 양배추에 식초, 소금, 설탕, 통후추, 월계수잎 등을 넣어
  절인다.

3 절여놓은 양배추를 팬에 볶아 익힌다.

4 통에 넣어 냉장 보관하는데 생각보다 오래 먹을 수 있다.

양배추를 한 통 산다. 어떤 때는 가격이 1000원도 안 할 때가 있다. 너무 고마운 가격의 먹거리다(물론 비쌀 땐 안 사 먹게 된다). 하지만 이 양배추란 놈은 한 통이 나의 머리만 하기도 하다. 엄청난 크기의 채소인 것이다. 나는 채소를 생으로 먹는 것을 그다지 좋아하지 않는다. 양배추 역시 그렇다. 어쨌든 이 큰 덩어리를 잘 먹기 위해 '사우어크라우트'란 요리를 해 먹는다(사우어크라우트는 우리나라 김치만큼 다양한 레시피가 있는 것 같지만, 물론 여기 있는 레시피는 나만의 매우 간단한 레시피다). 이것은 독일 말로 신 배추? 뭐, 그 정도 의미일 텐데 정말 딱 푹 익힌 '신 양배추'다. 신맛을 꽤나 좋아하여 이 신 배추 맛을 좋아한다. 이 신맛이 강한 음식은 약간 기름진 것들과 함께 먹어야 제격이다. 소시지나 닭튀김 등 고기류와 말이다. 그리고 물론 맥주.

오니기리

1 다시마 한 조각을 넣고 밥을 꼬들꼬들하게 짓는다.

2 밥에 참기름, 소금 조금을 넣고 주걱으로 섞는다.

3 햄을 썰어 간장과 설탕을 넣어 조린다.

4 적당히 식힌 밥 속에 조린 햄을 넣고 모양을 만든다
   (세모, 네모, 동그라미 다 좋다. 나는 오니기리용 틀을
   구입했다).

5 완성된 밥 모양에 김을 잘라 붙인다(좀 두툼한 오니기리용
   김이 따로 있지만 구하기 어려울 땐 김밥용 김을 이용한다).

오니기리건 초밥이건 김밥이건 밥으로 만드는 요리의 핵심은 밥이라고 생각한다. 밥을 잘 지어야 한다. 물론 쌀이 좋은 것이어야 하고, 소금도 마찬가지. 요리의 간으로 주로 쓰이는 소금이 맛이 좋아야 다른 조미료가 필요 없게 된다. 뭐든 어디서나 기본이 가장 중요하다. 그래서 나는 종종 요리를 잘하는 혹은 좋아하는 사람들이 어디 소금을 쓴다, 어디 기름을 쓴다, 이건 어디산 후추다, 이런 말들을 장황하게 늘어놓는 것을 허세로만 생각하지는 않는다. 재료가 좋으면 특별한 기술이 없어도 좋은 요리가 된다.

오키나와에 놀러 간 적이 있는데 그곳에선 어디를 가도 쉽게 오니기리를 만날 수 있다. 오키나와식 오니기리는 통조림 햄이 들어 있다는 것이 특징이다. 햄과 채소, 달걀 등이 더 첨가된 것도 있다. 오키나와식 오니기리는 통조림 햄 때문인지 불량식품 같은 느낌이 들기도 하지만 패스트푸드를 좋아하는 어린아이처럼 "그래도 좋아! 그래도 먹을래!"라고 마구 떼를 쓰며 달달한 그 맛을 즐기고 싶을 때가 있다. 내가 오니기리를 좋아하는 또 다른 이유는 단품으로도 훌륭한 한 끼가 되기 때문이기도 하지만 간단한 도형 모양의 그 형태가 예뻐서다. 그래서 그림으로도 꽤나 그렸다.

접시에 놓인 삼각형 모양의 오니기리 세 개를 커다랗게 그려 화면 가운데 배치하고 배경으로 산을 그린 그림이 있는데 이 그림을 미국에서 전시한 적이 있다. 그때 오니기리를 잘 모르는 미국인이 꽤 있었던가 보다. 이게 대체 무엇을 그린 것이냐고 묻는 사람들이 있었다(물론 내 그림이 무척이나 사실적 표현을 하지 않은 이유가 컸겠지만). 그래서 내가 무엇으로 보이냐고 되물었더니 대부분이 집을 단순하게 그린 것 아니냐고 대답했다. 배경이 산이다 보니 쉽게 집으로 연상이 된 모양이다. 그러니까 검은 문을 가진 하얀 집쯤으로 보였나 보다. 나는 이런 식의 오해를 좋아한다, 하고 말하면 무척 이상하겠지만 그렇다. 저 멀리 켜켜이 있는 산이 갑자기 갓 구워진 빵으로 보인다거나 실개천이 여인의 머리카락으로 보인다거나, 뭐 이런 거 말이다.

연근구이

1   연근을 씻고 자른다.
2   팬에 기름을 두르고 굽는다.

연근은 잘라진 것이 아닌 기다랗고 흙이 묻어 있는 것으로
구입한다(연근은 수분이 많은 진흙에서 자라므로 검은 흙이
묻어 있다). 연근을 씻어 잘라 구워 먹는다. 신선한 연근은
더 이상의 어떤 것도 필요 없다. 식감은 아삭하고 쫄깃하다.

연근 요리 하면, 주로 간장에 조린 연근조림이 떠오른다. 그 연근조림은 주로 밥반찬으로 나오곤 하는데 나는 그 반찬이 맛있다고 느낀 적이 별로 없어서 연근을 그다지 좋아하지 않았다. 그러다가 그냥 구워서 먹어봤는데 '아니, 연근이 이렇게나 맛있었나?' 하며 스스로 감탄을 하고야 말았다. 기다란 원통형의 연근을 자르면 구멍이 송송 뚫려 있는데, 원 안에 또 다른 조그만 원들이 나열되어 있다. 구멍이 몇 개인지 세면서 먹는다. 연근을 먹는 재미가 쏠쏠하다. 구운 연근은 맥주 안주로도 좋다.

누군가의 말대로 가끔 친구들과 편안한 집에 모여 적당히 술 한잔 기울이는 게 삶의 큰 즐거움이다. 굳이 석양까지 배경으로 깔리지 않더라도, 굳이 기억에 남는 수다가 없어도 말이다.

"나는 술안주로 김에 마를 싸 먹는 게 그렇게 좋더라."
"예전엔 김이나 마나 다 귀한 식자재였지."
"입은 고급이로구나."
"연근도 생각해봐. 연꽃 말이야. 연꽃을 생각하면 연근은 굉장한 음식인 듯."

"로투스(lotus, 연), 내가 아는 사람의 고양이 이름이 로투스인데…. 쩝."

"한국식으로 '연이야~'인 걸까? 풉. 암컷이야, 수컷이야?"

"음, 삼색인 걸로 봐선 암컷인 거 같아."

사과파이

1 사과를 적당히 잘라 꿀, 설탕, 계핏가루, 레몬즙을 넣고 조린다.
2 밀가루, 베이킹파우더, 소금, 달걀에 오일(버터, 올리브오일
   등)을 넣고 파이지를 만든 후 냉장고에 넣고 한 시간 정도
   휴지시킨다.
3 파이팬에 파이지를 펴서 깔고 그 위에 사과조림을 올린다.
   여분의 파이지를 바구니처럼 엮어 윗면을 덮고 달걀물을
   바른 뒤 오븐에 굽는다.

삽질은 허리 힘!

사과나무 묘목을 심은 지 5년 정도가 되니 사과가 주렁주렁 달리기 시작한다. 한데 내가 알고 있던 사과가 아니다. 사과 같은 내 얼굴~ 했다간 큰일 날 만큼 못생겼다. 크기가 작은 건 그렇다 치고 세수 안 한 사람처럼 꼬질꼬질하다. 사과 농사를 지었던 사람에게 물어보니 벌레의 분비물 혹은 잔여물이 사과 표면에 붙어 있는 거라고 한다. 사과뿐이랴. 과수 농가에서 약을 안 치고 농사짓는다는 것은 거의 불가능하다고 말한다. 못생기고 크기가 작아도, 벌레가 먹었어도 사과를 수확할 때의 기쁨은 크다. 맛은 말 그대로 사과 맛! 그 독보적인 과일의 맛! 나무에서 바로 따서 대충 물에 씻어 아직은 건강한 이로 아삭 깨물어 먹는 그 사과의 맛!

못생긴 사과, 먹지 못해 늙어가는 사과가 넘쳐날 때, 그리고 시간이 좀 여유가 있을 때, 또는 달고 상큼한 것이 먹고 싶을 때 사과파이를 만든다. 사과를 익혀 먹는 요리의 대표가 바로 사과파이가 아닐까 한다. 예전에 스웨덴에 갔을 때, 초대받아서 간 그곳 친구 집에서 뜨거운 사과 요리를 먹었다. 사과를 뜨겁게? 처음엔 낯설었는데 함께 대접받은 사슴고기 요리와 함께 먹으니 무척 맛이 좋았다. 그들은 사과를 자르지 않고 통째로 원형의 모양 그대로 뜨겁게 조리한다. 그리고 이 사과 요리를 좋아해서 사과를 창고에 보관해두고(마치 우리네 감자처럼) 두고두고 요리해서 먹는다고 한다. 조금 늙고 건조해져도 저장된 사과는 당도가 높아진다고.

오미자효소

1 오미자를 씻어 물기를 말린 뒤 유리병에 설탕과
    1 : 1 비율로 넣는다.

2 3~4개월이 지나면 즙이 빠져나간 오미자 열매를 걷어낸다.

3 작은 병으로 옮겨두고 먹는다. 1~2년 이상 지나면
    더 맛이 좋다.

해마다 9월이 오면 장에 가서 생오미자를 산다. 때를 잘 맞춰 가야 한다. 붉게 잘 익은 오미자 열매가 나오는 철은 매우 잠깐이기 때문이다. 나는 매실효소를 비롯한 다른 많은 효소보다 이 오미자효소를 좋아한다. 그래서 온갖 음식에 쓴다. 나물을 무칠 때나 샐러드, 고기 요리를 할 때 등 오미자효소를 넣는 순간 음식은 맛이 풍부해진다(말 그대로 五味 때문인가?). 그리고 여름엔 얼음을 띄운 물에 타서 시원하게 주스로 마신다. 물론 다양한 칵테일을 만들 때도 쓴다. '세상에, 이렇게나 쓰임새가 많다니 당장 오미자나무를 심어야 해!' 하는 마음으로 정원 한 귀퉁이에 오미자나무를 심었다. 오미자는 열매도 탐스럽지만 꽃도 향기롭고 아름답다. 이제는 곧 직접 딴 오미자로 효소를 담글 수 있을 것이다.

오미자는 넝쿨식물이므로 넝쿨용 지지대를 만들어줘야
한다.

나는 조금 헷갈린다. 나무는 확연히 다른데 열매가 비슷하
게 보이는 녀석들.

오미자

구기자

산수유

구기자

산수유

오미자

송편

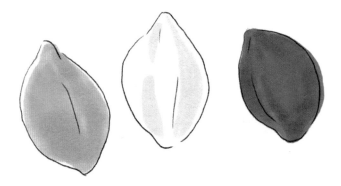

1   쌀가루에 물을 넣고 반죽한다.

2   깨, 설탕, 꿀을 넣어 송편 소를 만든다.

3   소를 넣어가며 송편을 빚는다.

4   김이 오른 찜통에 면포를 깔고 송편을 찐다.

난 터키시인데...

송편을 예쁘게 잘 빚으면 예쁜 딸을 낳는다는 속설이 있다. 나의 엄마의 송편은 참으로 못마땅하리만치 못생겼다. 일단 크기가 일반적인 것보다 크고 뭔가 둔탁하게 생겼다. 어릴 적부터 나는 엄마의 송편을 보면서 생각했다. '아닐 거야. 엄마가 지금 너무 바빠서 대충 만드시는 걸 거야. 정성을 들여 만들면 잘 만드실 텐데.' 그런데 세월이 흐르고 그렇게 바빠 보이지 않는 시절에도 엄마의 송편 모양은 그다지 바뀌지 않았다. '아, 내가 이렇게 생긴 건 다 저 송편 때문이로구나.' 하며 이 현실을 인정해야만 하는 걸로 결론이 나고야 만다. 그러나 엄마의 딸인 나는 송편을 작고 야물딱지게(어떤 이의 표현으로) 만든다(고 한다. 뭐, 이건 나의 자뻑이 아니라 다른 사람들이 그렇게 봐준다. 흠). 엄마도 나와 함께 송편을 만들 때 자신의 커다란 떡대 송편 옆에 놓인 작고 앙증맞은 내 송편을 보며 이렇게 말씀하신다.

"아유, 우리 딸, 시집갔으면 예쁜 딸을 낳았을 텐데."

그러나 이 허망한 말 뒤에 우리는 서로 한숨을 쉬며 더 이상 아무런 얘기를 나누지 않는다.

엄마, 죄송합니다. 흑. 하지만 뭐, 예쁜 딸을 낳았을 거라는 말이 왠지 서글프지만 때로 무엇에 대한 것인지는 잘 모르겠지만 위로가 되기도 한다.

떡볶이

1 떡, 어묵, 파를 적당한 크기로 썰어놓는다.

2 팬에 물, 간장, 고춧가루, 설탕을 넣고 1의 재료를 넣어
국물이 자작해질 때까지 조린다(간장 대신 액젓을,
설탕 대신 올리고당을 넣기도 한다).

서울에서 태어나 도시 변두리에서 성장한 나도 어쩔 수 없이 고향의 맛(?)이라고 하면 떡볶이를 떠올리지 않을 수 없다. 초등학교 시절 학교 앞 작은 수레에서 개수를 세어가며 먹던 연두색 플라스틱 접시 위에 놓인 떡볶이부터 중고등학교 때 분식점에서 친구들과 요리하듯 불 앞에서 먹던 즉석 떡볶이까지. 얇은 밀가루 떡볶이부터 두꺼워서 잘라 먹던 가래떡으로 만든 떡볶이까지. 만두, 라면, 삶은 달걀, 튀김 등을 옵션으로 더 넣어 폭탄 칼로리를 가진 떡볶이까지. 이날까지 살아오면서 내가 먹은 떡볶이가 얼마나 될까 생각해보니 정말 엄청날 듯싶다. 이젠 더 이상 소녀가 아니지만 그래도 나의 떡볶이 사랑은 멈출 수가 없다. 떡볶이를 쉽게 사 먹을 수 있는 '길'이 있는 곳에 살지 않게 되면서 어쩔 수 없이 집에서 떡볶이를 해 먹는다. 친구들이 놀러 와 같이 맥주를 마실 때도 손쉽게 해 먹는 단골 안주 메뉴이기도 하다. 그래서 냉동고에는 떡이 상비되어 있다. 나의 떡볶이는 고추장을 넣지 않고 고춧가루와 간장으로 맛을 낸다. 텁텁하지 않고 감칠맛이 나서 더욱 많이 먹을 수 있다. 이런.

사춘기 시절, 친구와 이런 대화를 나눴다.
지금 생각해도 우문현답이 아닐 수 없다.

동그랑땡

1 소고기, 돼지고기, 버섯, 두부, 당근, 양파, 마늘, 파,
   고추 등 모든 재료를 작은 크기로 다진다.
2 위 재료에 달걀, 밀가루, 소금, 후추, 참기름을 넣고
   치대며 반죽한다.
3 동그랗게 빚어 밀가루, 달걀물 순서로 입힌 뒤 기름을
   두른 팬에 올려 약한 불에 서서히 익히며 부친다.

주로 명절 때 먹는 잔치 음식의 대명사는 이 동그랑땡. 가끔
기름진 것이 먹고 싶을 때, 조금 귀찮지만 동그랑땡을 만든다.
한 번 만들 때 넉넉히 만들어 냉동고에 저장해놓고 몇 개씩
꺼내 부쳐 먹는다.

< 20대 >

    20대 시절 학교를 졸업하고도 같이 작업실을 꾸렸던 오래
된 친구가 있다. 그녀는 일찍 부모를 여의고 독립해서 살아왔
다. 명절에 내가 집에서 싸온 동그랑땡을 무엇보다 반가워했
다. 그녀는 '엄마의 음식' 하면 동그랑땡이 떠오른다고 했다.

나는 그녀를 위해서라도 엄마에게 동그랑땡을 꼭 싸달라고
부탁하곤 했다. 동그랑땡을 보면 그녀가 좋아하던 모습이 떠
오른다. 지금도 여전히 좋아할까? 그녀는 꽤 오래전에 결혼을
해 가족을 꾸렸다. 명절마다 시댁에 가서 동그랑땡을 부치다
보니 동그랑땡만 보면 한숨이 나오는 사람이 되어 있을지도
모른다.

< 40대 >

단호박수프

1 단호박을 잘라 씨 부위를 없앤다.

2 적당한 크기로 썬 단호박을 물에 잠기게 넣고 푹 삶는다.

3 푹 삶은 단호박을 믹서로 간 뒤 다시 끓이면 완성.

단호박의 껍질을 깎아버리지 않고 같이 삶아서 쓰는데 그러면
간간이 초록이 보여 더 예쁘다. 물론 식감은 거친 것이 느껴져서
부드러움에는 방해를 받게 되지만. 설탕이나 소금 등 아무것도
넣지 않아도 한 가지 채소만으로 완벽한 맛과 색을 가진
아름다운 음식이 된다.

단호박 농사

수확한 단호박 중 잘생긴 놈을 골라 씨를 받아 말려둔다. 이듬해 봄이 오면 따스하고 적당한 곳에 씨를 파종한다. 본잎이 나오면 비가 오는 날을 골라 지지대를 세워둔 곳 아래 옮겨 심는다. 한여름 단호박은 무럭무럭 자라서 높게 세워둔 지지대 너머 하늘 끝까지 뻗어오를 기세다. 아침저녁으로 선선한 바람이 불어오고 단호박의 껍질이 단단해지면서 우둘투둘한 점들이 생기기 시작하면 수확 철이 온 것이다.

이른 봄, 따뜻한 곳에서
모종을 낸다.

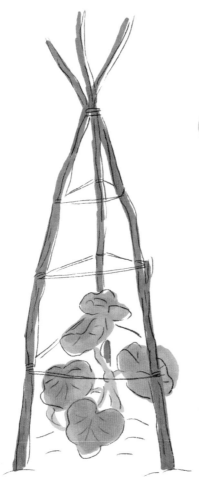

가지치기한 나뭇가지 중
긴 것을 따로 모아두었다가
지지대를 만든다.

밤당조림

1 밤 껍질을 깐다.
2 깐 밤에 물과 설탕을 넣어 조린다.

당조림한 밤은 한 번 쓸 분량씩 냉동고에 저장했다가 주로
밤빵을 만들거나 약식을 만들 때 쓴다. 당조림해놓은 밤을 먹을 땐
금방이지만 이 밤을 깎는 일이 보통 일이 아니다. 추석 전에
전철 안에서 가끔 밤 깎는 칼을 파는 아저씨를 보고 기이하게
여기곤 했는데 나도 결국 밤 깎는 칼을 구입했다.

나의 정원 귀퉁이에 밤나무가 한 그루 있다. 토종 산밤나무 같지는 않은 게 밤알이 매우 크고 실하다. 아마도 전 주인이 심어놓은 것이리라. 세월이 흘러 이 밤나무에서 나오는 밤을 이렇게 가을마다 내가 다람쥐처럼 총총 주워다가 먹는다. 혼자 먹기에 충분한 양이다. 밤을 주우면서 이 밤나무를 심어놓으신 양반들을 새삼 떠올려본다. 고맙다. 내가 이곳에 와서 심은 여러 나무도 이곳을 뜨고 나서 그 누군가가 누릴 수 있다면 좋겠다. 아마도 그렇게 되겠지. 뭐라도 하는 건 참 좋은 일인 거 같다.

밤빵

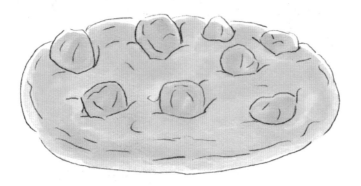

1   빵 반죽 위에 밤당조림을 올려 오븐에 굽는다
     (빵 반죽 만드는 법은 66p 참고).

떨어진다.....

고구마줄기무침

1 껍질을 벗긴 고구마 줄기를 소금을 넣은 끓는 물에 삶는다.

2 삶은 고구마 줄기를 찬물에 헹구고 물기를 꼭 짠다.

3 된장, 참기름, 오미자효소를 넣고 조물조물 무친다.

가을의 대표적 양식 중 하나가 바로 이 고구마 줄기다. 고구마를 수확하기 전 통통한 고구마 줄기를 자르면서 느끼는 점은 '흠, 이게 먹거리라니. 대단한데.'라는 생각. 그렇지만 언제나 그렇듯 고구마 줄기를 자르고 껍질을 벗기고 삶고 무치고 하는 수고로움에 비해 후루룩 먹는 시간이 너무 짧다는 것. 그리고 나물로 만들어놓으면 그 양이 팍 줄기 때문에 내가 너무 뭔가를 한 번에 많이 먹고 있다는 죄책감 같은 것도 든다. 하지만 곧 '흠, 내가 이렇게 수고롭게 일했는데 이 정도는 먹어야지.' 하며 곧바로 자신을 위로하기로 한다. 자책과 위로가 반복되는 분주함이 지나면 조용하고 쓸쓸한 계절이 온다.

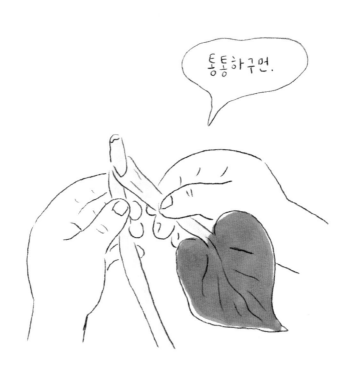

모두 모두

수고했어!

겨울

고구마구이

1 고구마를 굽기 편하게 자른다.

2 팬에 기름을 두르고 고구마를 굽는다.

3 따뜻할 때 꿀(또는 시럽)을 발라 먹는다.

나는 감자와 마찬가지로 찐 고구마에 김치를 먹는 것보다
적당한 크기로 썰어 팬에 구워서 꿀을 발라 먹는 것을 더
선호한다. 일단 통째로 찐 고구마의 무서운 모양새보다는
동그랗게 썬 모양으로 구운 고구마가 더 예쁘고 먹음직스럽게
보인다.

고구마 농사

봄에 고구마 순을 낸다. 순이 심을 만큼 자라면 잘라내서 흙에 구멍을 판 뒤 충분히 물을 주고 심는다. 고구마 순을 심고 초기에는 흙이 마르지 않게 관수를 잘해줘야 고구마 순을 많이 살릴 수 있다. 심고 난 뒤 고구마 순이 뿌리를 내리기 전에 뜨거운 햇볕을 못 이겨 죽어버리는 경우가 많다. 살기로 결심한 고구마 순은 여름을 지나면서 밭을 점령하려고 작정한다. 이때쯤부터 수확하기 전까진 종종 통통해진 고구마 줄기를 잘라다가 고구마줄기무침을 해 먹는다. 가을이 깊어가면서 서리가 내리기 전에 고구마를 수확한다. 땅속 깊숙이에 있는 커다란 고구마를 발견할 때, 그 발굴의 기쁨이란! 수확한 고구마는 흙을 떨어내고 햇볕에 적당히 말린 후 종이 상자에 넣어 춥지 않은 실내에 보관한다. 겨울 내내 양식이 되어준다.

인절미

1 소금을 조금 넣은 찹쌀가루를 뜨거운 물에 익반죽하고
  반죽을 찐다.
2 찐 찹쌀 반죽에 설탕을 넣은 콩가루를 묻혀가며
  먹기 좋은 크기로 썬다.

익반죽 한다.

간편하게 전자렌지에
찐다.

콩가루를 묻혀가며
먹기 좋은 크기로 썬다.

언젠가부터 나는 늘 아침을 꼬박꼬박 챙겨 먹는다. 어떤 날은 아침을 먹으려고 일어나는 것 같기도 하다. 가끔 먹는 아침 메뉴 중에는 인절미가 있다. 엄마가 만드셔서 한 번 먹을 분량씩 포장해 냉동 상태로 보내주시기도 하지만 가끔 직접 찹쌀가루로 간편하게 전자레인지를 이용해서 인절미를 만들기도 한다. 인절미는 많은 어린이가 그렇듯 나도 어릴 적엔 좋아하지 않았는데 크면서 좋아하게 된 음식 중 하나다. 인절미를 먹으며 입안의 쫀득한 감촉을 느끼고 있자면 어디서 주워들은 것인지는 기억나지 않는 한 장면이 떠오르곤 한다.

요단강을 건너기 직전의 한 노인에게 뭔가 먹고 싶은 게 없냐고 묻자 인절미가 먹고 싶다고 했단다. 그게 끝이다. 앞뒤 이야기는 모른다. 인절미의 우수함을 이야기하는 것인지, 한 노인의 개인적 추억에 대한 이야기인지, 아니면 많고 많은 음식 가운데 인절미를 떠올린 노인의 소박함에 대한 이야기인지는 잘 모르겠지만 하여간 인절미를 먹을 때면 생각나곤 하는 이야기다.

무생채

1   무를 채 썬다.
2   고춧가루, 멸치액젓, 다진 마늘, 오미자효소를 넣고 무친다.

겨울에 자주 해 먹는 반찬이다. 무 한 개만으로 커다란 반찬통
하나 분량의 무생채 반찬이 만들어진다. 겨울날 묵은 김치가
먹고 싶지 않을 때 만들어서 먹는다.

<〈무 보관법 〉>

무 농사와 보관법

가을에 배추와 함께 무를 심어서 늦가을 또는 초겨울 김장
철에 수확한다. 우리 동네는 배추와 무 농사가 잘되며 맛있다
고 한다. 아마도 추운 지역이기 때문일 것이다. 수확한 무를
겨울 내내 먹기 위해 보관하는 방법은 땅을 깊숙이 파서 묻어
두는 것이다. 하지만 묻는 것은 땅을 팔 정도로 많은 양의 무
를 수확하는 집에서나 하는 방식이고, 나의 경우는 고작 대여
섯 개의 무를 보관하기 위해 땅까지 파기는 뭐하다. 이웃에게
서 들은 팁으로 무를 보관한다. 무를 하나하나 신문지로 싼 뒤
공기가 안 통하는 비닐에 넣어 영하로 떨어지지 않는, 그러니
까 냉장 온도가 유지되는 곳에 놓아두고 하나씩 필요할 때마
다 꺼내 먹는다(나의 집은 김치냉장고가 없고 현관이 바로 그런 곳

이어서 겨울철엔 현관 한곳에 무를 넣어둔 상자가 자리를 차지하고 있다). 또는 날이 추워지면 무를 썰어 채반에 넣어 밖에 말린다. 날이 안 추우면 곰팡이가 피기도 하기 때문에 영하의 날씨가 지속되는 한겨울에 말린다. 얼었다 녹았다 마치 황태처럼 말린 무는 무말랭이무침을 해서 먹기도 하지만 그냥 뭇국이나 된장국에 넣어 먹어도 맛이 좋다. 말린 무의 특이한 냄새 때문인지 약간 구황 음식 느낌이 팍팍 나기도 하지만 말이다.

시래기밥

1 말린 시래기를 물에 불렸다가 푹 삶는다(삶을 때 쌀뜨물을
   넣어주면 시래기 특유의 냄새 제거에 좋다고 한다).
2 삶아놓은 시래기를 적당한 크기로 잘라 씻은 쌀 위에 올려
   같이 밥을 한다.
3 양념간장에 비벼 먹는다.

시래기 만들기

시래기는 무청 말린 것을 말하는데 그런고로 시래기를 얻으려면 일단 무를 심어야 한다. 겨울 김장철을 위해 심어둔 무를 수확하고 난 뒤 무청을 잘라서 바람이 솔솔 잘 통하는 곳에 말려둔다. 세상의 모든 것이 갈색으로 바뀌고 싱싱함이 사라진 추워지는 날들이 오면 곳곳에서 시래기를 말리는 모습을 볼 수 있다. 스산한 계절의 시골 풍경이 뭐 그럴 수도 있겠지만 시래기가 널려 있는 농가들의 모습은 사실 초라하기 그지없다. 게다가 말라가고 있는 시래기의 모습은 정말 쓰레기(?)가 아닐까 하는 생각이 들 정도로 이것이 과연 음식이 될 것인지 의문이 들기도 한다. 뭐든 말라가는 식물이 예쁘기는 어렵기도 하겠지만. 그러나 다른 그 어떤 채소보다 시래기가 오래도록 겨울 양식이 되어준 것은 맛이 좋아서일 것이다. 시래기를 말리는 귀찮음과 그 보기 흉함을 지나서 시래기가 시래기밥이나 나물, 된장국 등의 음식으로 바뀔 때 '아, 어찌 이런 음식이?' 하는 감동이 몰려온다. 다른 어떤 것으로 대체될 수 없는 시래기만의 맛과 식감이 있다.

내일은
시래기밥

멸치김치국수

1 냄비에 물, 다시마, 멸치, 파뿌리, 양파, 무, 고추,
  통후추 등을 넣고 진한 국물이 될 때까지 끓인 뒤
  소금, 국간장으로 간을 해서 멸치 국물을 만들어놓는다.
2 국수를 삶는다.
3 김치를 잘게 썰어 참기름을 넣고 무친다.
4 찬물에 헹군 국수 위에 참기름에 무쳐놓은 김치와 김가루를
  올리고 뜨뜻한 멸치 국물을 붓는다.

멸치 국물은 만들어서 냉장고에 보관하면 일주일 정도는
이용할 수 있다. 떡국이나 만둣국에 써도 되고, 그 밖에 다른
국물 요리에 써도 좋다.

술을 마신 다음 날 출출하지만 뭔가 속이 그다지 좋지는 않을 때 해 먹는 게 바로 이 멸치김치국수다. 내겐 해장국, 해장밥(?) 같은 것이다. 이 국수를 한 사발 흡입하고 다시 자리에 누워 조금 쉬면 속이 편안해지고 다시 일상으로 돌아갈 수 있는 마법 같은 일이 일어나곤 한다.

내가 미쳤지...
어제 너무
마셨어.

곶감

1   단단한 감을 꼭지 부위만 남기고 껍질을 깎아 말린다.

채반 또는 일명 생선망(공중에 매달 수 있는 구조의 네모난 망을 장터에서 구입했는데 무엇에 쓰는 물건이냐고 물어보니 생선을 말릴 때 쓰는 망이라고. 난 이 망의 형태와 색깔에 반해 구입했다. 지붕 처마에 매달아놓고 주로 생선이 아닌 곶감이나 채소를 말릴 때 쓴다.)에 넣고 말린다. 감이 나는 시기는 차가운 바람이 솔솔 불기 시작하는 가을 끝 무렵이기 때문에 곶감이 무탈하게 잘 마른다. 찬 바람을 맞으며 추운 날들 동안 얼었다 녹았다 하면 더 맛 좋은 곶감이 된다. 곶감을 방치하다시피 너무 오래도록 말린 적이 있는데 마르고 말라 까맣고 조그맣게 쪼그라든 곶감이 되었다. 처음엔 '이 흉측한 것을 어찌 먹을꼬.' 했으나 한 입 먹어본 순간 깜짝 놀라고 말았다. 오래도록 찬 공기 속에서 말린 곶감은 거의 캐러멜과 같은 식감을 주고 맛이 응집되어 훨씬 맛있었다. 겨울에 눈이 내리고 달달한 것이 당기는 날, 하나씩 둘씩 곶감 빼 먹듯이(란 말이 다 있구나!) 나의 건조망에 넣어둔 곶감을 꺼내 먹는다. 곶감은 그냥 먹기도 하지만 곶감을 잘라 넣은 파운드케이크를 만들어 먹기도 한다.

파운드케이크

1   밀가루, 베이킹파우더, 소금을 체에 내려 섞어놓는다.
2   실온에 녹인 버터를 거품기로 저어 크림화시킨 뒤
    설탕을 나눠 넣는다.
3   2에 달걀을 한 개씩 넣고, 분리 현상이 일어나지 않게
    거품기로 젓는다.
4   3에 1을 넣고 가루가 보이지 않을 정도로만 대충 섞어
    케이크 틀에 넣고 오븐에 굽는다.

파운드케이크란 영국에서 주재료(밀가루, 설탕, 버터, 달걀)를
1파운드(약 453그램)씩 넣었다고 해서 지어진 이름이란다.
그걸 기본으로 취향에 따라 넣고 빼고 해서 만들면 되는
가장 쉬운 편에 속하는 케이크여서 종종 해 먹는다. 그게 무슨
소용이겠느냐만 양심상 설탕과 버터의 양을 줄여서 만든다.
그 대신 아몬드(슬라이스 아몬드나 아몬드 가루)가 있다면
듬뿍 넣는다.

그런 날이 있다. 아무래도 우울한 기분이 드는 날 말이다. 원인을 찾아 이리저리 머리를 굴리기조차 힘든 날 말이다. 일하기도 싫고 누굴 만나기도 싫고 놀기도 싫고 누워 있기도 싫고 앉아 있기도 싫고 그래서 서성거리면 '에잇!' 하고 더 짜증이 나는 날이 있다. '망가져줄 테야!'라고 내가 원하지 않는 내가 마구 생떼를 부리는 날, 나를 진정시켜야 될 때, 위로하고 싶을 때 케이크를 굽기로 한다. 케이크를 만드는 동안 이리저리 방황하던 육신과 영혼을 달래어본다. 오븐에서 갓 나온 따스한 케이크 한 쪽을 식기 전에 와구와구 먹어치운다. '그래, 이걸로 됐지. 뭐, 뾰족한 수가 없잖아.' 생일에 왜 케이크를 먹는가 했는데… 아무래도 사느라 고생이 많다며 주는 달콤한 선물인지도 모르겠다.

찐만두

만두소

1 두부를 으깨어 물기를 짠다. 당면을 삶아서 다진다.
   버섯, 부추, 마늘을 다진다.
2 다진 모든 재료에 소금, 후추, 달걀을 넣고 치대며 섞는다.

만두피

1 밀가루에 소금과 물을 넣고 치대며 반죽한다.
   반죽한 덩어리를 비닐로 싸서 냉장고에 넣어 휴지시킨다.
2 휴지시킨 반죽을 적당한 크기로 잘라내 밀대로 동그랗게 밀어
   만두피를 만든다.

만들어놓은 만두피에 만두소를 넣어 빚어 찜기에 찐다.
역시 만두는 찐만두!

사 먹으면 저렴하지만 집에서 직접 만들려면 꽤나 공이 들어가는 게 만두다. 게다가 아시다시피 만드는 수고에 비해 먹을 때면 금세 사라지는 게 만두다. 명절에 집집마다 만두를 만들어야 하는 고충에 대한 이야기는 수두룩하다. 하지만 집에서 신선한 재료로 만든 만두의 맛을 어디에 비교할 수 있을까. 언젠가 초대받은 저녁 식사에 집주인이 직접 만든 만두가 메인 요리로 나왔던 적이 있었는데 그때 그의 정성과 소박함에 감동을 받았다. 그 지인은 자신이 집에서 만든 만두를 엄청 좋아해서 부러 전날부터 만두를 빚었다고 했다. 어떤 모임에서 언제나 볼 수 있을 것만 같은 색색이 화려한 요리보다는 이런 소박하지만 사실은 엄청나게 정성이 들어간 음식을 대접받는 일은 특별했다. 초대받은 손님들 모두 만두를 먹는 데 혈안이 되었다.

만두에 대한 기억 하면 여행길에서 만난 만두들이 떠오른다. 히말라야의 라다크로 여행을 갔을 때 모모라고 불리는 만두를 만났다. 특별히 국물 요리가 있었는데 우리나라의 만둣국과 거의 비슷했다. 고단했던 여행길에 잊을 수 없는 음식이었다.

몽골로 여행을 갔을 때도 어느 몽골 사람 집에 초대받았는데 그때 얻어먹은 만두도 맛이 좋았다. 같이 여행을 했던 일행이 나를 제외하곤 다 서양인이었는데 그들도 그동안 먹을 게 시원찮았던 여행길에 집에서 만든 정성 어린 만두를 맛보곤 모두 흥분했다. 커다랗고 동그랬던 그 만두를 한 입 베어 물자 달콤한 육즙이 주르르 흘러나왔다. 일행 중 한 명이 몽골 집 주인에게 물었다.

"근데 이 만두의 재료는 무엇이죠? 맛있어요!"

"아, 네… 낙타고기를 넣었어요."

그 순간 우리 일동은 멈칫. 그렇지만 맛은 무척 좋았다는 얘기.

가래떡구이

1   가래떡을 적당한 크기로 썬다.
2   들기름을 두른 팬에 굽는다.
3   꿀을 발라 먹는다.

먹을 게 별로 없는 추운 아침. 일어나자마자 먹을거리를 챙기는
나는 냉동고의 유물을 탐사해본다. 냉동고를 뒤져 발견한,
돌처럼 딱딱한 가래떡을 꺼내 해동한 뒤 잘라 굽는다.
따스한 커피와 함께 먹는다.

커피 로스팅

도시에는 커피집이 건물마다 한 개씩 있다고들 하지만 내가 사는 곳은 그렇지 못하다. 커피를 좋아하는 나는 맛있는 커피를 쉽게 사 먹을 수 없는 관계로 집에서 커피를 로스팅하기에 이르렀다. 그렇다고 커피에 대해 잘 안다고 어디 가서 떠들 수준은 못 된다. 그저 콩을 알맞게 잘 볶아 숙성시켜 먹는다 정도의 기본 상식으로 커피를 만들어 먹는다. 뭐, 다른 먹거리들도 마찬가지이지만.

커피 역시 약간 신맛이 있는 것을 좋아해서 아프리카에서 나온 원두를 주로 구입한다. 겨울철에 나의 집에서는 장작 난로를 피우기 때문에 실내의 난롯불에 커피를 볶는다. 분리된 커피 껍질 처리하기도 좋고 볶을 때 나오는 연기도 연통으로 빠져나간다. 난로 앞에서 커피를 볶고 있으면 팔이 좀 아프지만 기분이 훈훈해진다. 반면에 난로를 피우지 않는 계절엔 정원에 나가 앉아 휴대용 가스레인지를 켜고 볶기도 했지만 이건 영 귀찮다는 생각이 들어 이제는 난로를 피우는 겨울철에만 커피를 볶곤 한다. 참나무 장작이 적당히 숯이 되면 커피는 예쁜 갈색으로 잘 볶아지는데 그 향도 특별해지는 것만 같다.

카스텔라

1   달걀 노른자와 흰자를 분리한다.

2   흰자를 거품 낸다. 도중에 설탕을 넣는다.

3   노른자에 설탕, 꿀 조금, 우유, 청주, 체에 내린 밀가루를
    넣어 섞는다.

4   2와 3을 한 볼에 쓱 잽싸게 섞는다(너무 오래 치대면서
    섞으면 질긴 카스텔라가 된다).

5   4를 적당한 틀에 넣고 예열해둔 오븐에 굽는다.

6   식혀서 먹는 게 더 촉촉하고 맛있다.

카스텔라는 추운 날이면 생각이 난다. 나는 평소에 단것을 그리 찾아서 먹는 편이 아니다. 날이 추워져 밖에 나다니는 횟수가 줄게 되면 어쩐 일인지 단것이 당기고 그래서 가끔 귀찮아도 해 먹는 것이 카스텔라다. 또는 빵 종류가 먹고는 싶은데 밀가루를 조금 덜 먹어야겠다고 생각될 때, 집에 달걀밖에 없을 때 만들어 먹게 된다. 이 카스텔라는 당연히 우유와 함께 먹는다. 눈이 오는 날 창밖에 쌓인 눈을 보며 카스텔라를 한 입 먹으면 아무리 추운 날이어도 풍요로운 기분마저 든다.

노석미

홍익대학교에서 회화를 전공했다. 산이 보이는 작은 정원이 딸린 집에서
텃밭을 일구며 화가와 작가로 활동하고 있다. 펴낸 책으로는 『냐옹이』
『그린다는 것』『지렁이빵』『좋아해』『나는 고양이』『매우 초록』
『굿모닝 해님』『귀여워』『바다의 앞모습』『신선하고 뾰족한 가지』 등이 있다.

instrgram.com/nohseokmee

blog.naver.com/nohseokmee

먹이는 간소하게

2025년 6월 5일 1판 1쇄

지은이 노석미
편집 김진, 백승윤, 박지현, 송예진 디자인 이은하
제작 박흥기 마케팅 이장열, 김지원 홍보 조민희
인쇄 (주)로얄프로세스 제책 책다움

펴낸이 강맑실 펴낸곳 (주)사계절출판사 등록 제 406-2003-034호
주소 (우)10881 경기도 파주시 회동길 252 전화 031) 955-8588
전송 마케팅부 031) 955-8595 편집부 031) 955-8596
홈페이지 www.sakyejul.net 전자우편 picturebook@sakyejul.com
블로그 blog.naver.com/skjmail 인스타그램 sakyejul_picturebook

©노석미, 2025

ISBN 979-11-6981-376-1 03810